妹が女騎士学園に入学したら なぜか救国の英雄になりました。ぼくが。3

After my sister enrolling in Girl Knights School, I become a HERO.

銀髪ロリ
白髪吸血鬼
宿敵……？
うにゅ子

うにゅー！

に、兄さん。どうでしょうか――？

まあこんなこともあろうかと
水着は用意している

行きましょう！　兄さん
……ご主人様
妹兼女騎士
スズハ
暗殺者 専属メイド
カナデ

スズハ兄なら大丈夫でしょ？
えらい女王様です
トーコ
わたしは頼りになる相棒だからな
（自称）
相棒の女騎士
ユズリハ

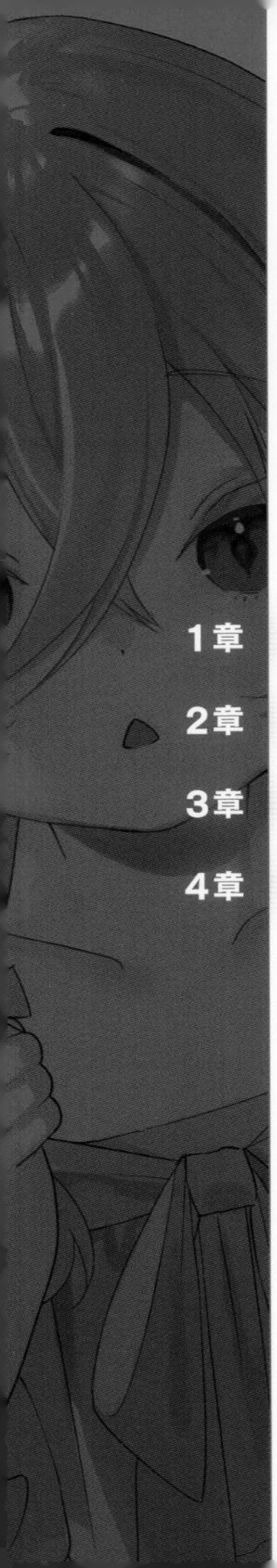

Contents

妹が女騎士学園に入学したら
なぜか救国の英雄になりました。
ぼくが。3

After my sister enrolling in
Girl Knights'School, I become a HERO.

妹が女騎士学園に入学したらなぜか救国の英雄になりました。ぼくが。3

ラマンおいどん

ファンタジア文庫

3305

口絵・本文イラスト　なたーしゃ

妹が女騎士学園に入学したらなぜか救国の英雄になりました。ぼくが。

After my sister enrolling in Girl Knights' School, I become a HERO.

3

author.
ラマンおいどん
ill. なたーしゃ

1章　メイドの谷

1

目の前に、死屍累々《ししるいるい》の惨状が広がっていた。
ローエングリン城の食堂に設置された、数十人が一度に食事のできる長テーブル。
その片隅で、最後の炎が今まさに、燃え尽きようとしていた。
「……む、無念です……兄さんっ……！」
ぱたり。
スズハの頭がまるで糸の切れた操り人形みたいに、テーブルの上に崩れ落ちる。
その右手にはウニ軍艦。
左手には、タラバガニの脚が握られていた。
──そんな光景を、食堂の隅に設置されたちゃぶ台から眺める影が二つ。
ぼくとトーコさんである。

「おおっ!?　スズハ兄、とうとうスズハがダウンしちゃった？」

「みたいですね。ところでトーコさん、お茶のお代わりはどうですか？」

「ありがと。じゃあ一杯もらえる？」

女王であるトーコさんの呑《の》むお茶は、本来ならプロのメイドが淹《い》れるべきだろうけど、今はぼくで我慢してもらう。

慣れない手つきで茶を淹れて渡すと、トーコさんが一口飲んで「ほう」と一息。

「平和だねぇ……」

「平和ですねえ……」

テーブルの上でスズハとユズリハさん、ついでにテーブルの下でつまみ食いをしていたカナデとうにゅ子が揃《そろ》って討ち死にしている中で。

ぼくとトーコさんが濃ゆい緑茶を呑んでいるのは、当然ながら理由があった。


王都での戦勝パレードから一ヶ月。

とうとうトーコさんが、かねてよりの『約束』を果たすことになった。

ぼくが現在、辺境伯なんてものをさせられている元凶の対価。

それは言うまでもなく、お鮨《すし》の食べ放題である。

しかも。

「こっちの都合で、だいぶ遅れちゃったから。お鮨以外も用意して誠意を見せないと！」

トーコさんがそう言って、一緒に持ってきてくれたのが――山のように積み上げられたカニだったのだ！

高級カニといえば、泣く子も黙る高級食材の最高峰《キング・オブ・キングス》。

燦然《さんぜん》と煌《きら》めくばかりのお鮨とカニに、ぼくたちが黙っていられるはずもなく。

「兄さん……夢じゃないですよね……！（ごきゅり）」

「これは……公爵家でもここまでの食材は滅多に見ないぞ……！（ごきゅり）」

「これはメイドとして……毒味の必要が極めて大……！（ごきゅり）」

「うにゅー……！（ごきゅり）」

トーコさんの手前、名ばかりでも辺境伯として女王様を接待しなくちゃいけないぼくを尻目に、四人は生唾を呑み込みながら血走った目を食材に向けていた。

それからどうなったかは、語るまでもないだろう――

連れてきた職人からの報告を受けたトーコさんが苦笑して、

「うわ、あっちの食材もきっちりゼロになったって。どうやっても絶対に食べきれない量持ってきたのに、まさか全部食べちゃうとはねー」

「いやホントすみません。食材にかかったお金も凄《すご》かったでしょう?」

「ううん。そんなのは、王家の予算と比べればなんてことないから気にしなくていいよ。うん、食材費はね……」

「そうなんですか」

今回、トーコさんは最高級の食材と職人を揃えたうえ、王家秘蔵の魔道具で辺境にあるローエングリン城まで全部まとめて転移したのだという。

そんな魔道具があるのかと驚いたけれど、なんでも使う条件が酷《ひど》く厳しいのだとか。

さもありなん。

具体的な条件は知らないけれど、そんなのがもしポンポン使えたら流通だの戦争だのの概念が根底からひっくり返る。

「スズハ兄も、お鮨とカニで喜んでくれたかな?」

「あ、はい。……もちろんです」

そう答えるぼくの表情はちょっぴり固い。だってねえ。

ぼくだってスズハやユズリハさんみたく、時間無制限耐久超高級食材暴れ食いレースに参加して、全てを忘れて思い切り食べまくりたかったわけで。

けれど女王であるトーコさんがいる手前、そうするわけにもいかず。

結果的にぼくは、お鮨とカニを合計三十人前しか食べられていない。

スズハやユズリハさんが最低でも百人前以上食べたのと比べると雲泥《うんでい》の差だ。

悲しいけれど、これが貴族の義務《ノブレス・オブリージュ》というやつなのだろう。多分。

——そう考えると、やっぱり平民の方がいいよなあ。

なんてことを思っていると。

「ところでスズハ兄に、一つ相談があるんだけどさ」

「なんでしょう?」

トーコさんは忙しい身なのだから、わざわざ辺境まで訪ねてくるのは何か理由があると予想していた。

食料を届けるだけなら、忙しいトーコさんが来る必要は無いもんね。

「うにゅ子とオリハルコンのことなんだけど」

「はい」

「ボクの方でも調べてるんだけど、なかなか難航しててね」

それから、トーコさんがした話によると。

オリハルコンに関しても、うにゅ子——つまり彷徨える白髪吸血鬼《ホワイトヘアード・ヴァンパイア》に関しても、近世の文献にはまともな記述が無く、古代の文献や伝承を片っ端から調べている最中だという。なにしろ片方は幻とすら謳《うた》われている金属で、もう片方は見た者を皆殺しにする悪魔だ。まともな情報が無くても仕方ないところ。

もちろん国内だけでは限界があるので、国外にも情報収集の手を伸ばしているという。そこで問題が発生したらしい。

「ウエンタス公国とか友好的な国はいいんだけどさ、なかにはウチと国交の無い国だってあるわけよ」

「はあ」

「しかもそういう閉鎖的な国ほど、昔の情報って残ってたりするのよね」

「なるほど」

「そういう国にヘタに押しかけると、逆に脅されたり人質に取られたりする恐れもあるし。かといって大軍を派遣するわけにもいかないし。その点スズハ兄だったら安心でしょ？スズハ兄ならそんな風に、ボクたちとは違う視点で調べられるかなって」

「そういうことですか」

たしかにぼくなら、元が平民だから人質にして大儲《おおもう》けとはいかないだろう。

それにいざとなれば、庶民に混じって逃げるのも得意だ。

だってぼくは、根っからの庶民だしね。ふふふ。

「……スズハ兄が何を考えてるのかは知らないけど、それ絶対違うからね」

「なんでですか⁉」

理由を聞いたら、そのドヤ顔が全てを物語っていると言われた。くそう。

2

トーコさんが王都へと戻り、スズハたちがようやく復活して日常へと戻った頃。

ぼくはトーコさんに頼まれた内容について、アヤノさんに相談していた。

「閣下自ら調査に、ですか。なるほど……」

考え込むアヤノさんは、現在のぼくの領地における事務総長的な役割の人で。

外見はよく見れば整っているけど華が無い、ぼくと同じでいわゆるモブ顔男子だけれど。

中身はローエングリン辺境伯領の事務を一手に引き受ける超有能官僚なのだ。

まだ誰にも言っていないけれど、ぼくとしてはこの恩を返すため、いつかアヤノさんの結婚相手を探してあげたいと思っていたりもする。

それでアヤノさんが、ずっとこの領地で暮らしてくれるといいなあ。なんて。

それはともかく、今はぼくが長期間城を離れることをどう判断するか。

「アヤノさんはこの話、どう思うかな？」

「よろしいのではないでしょうか」

「そう思う？」

「トーコ女王の提案は理解できますし、早急に対処すべき事項でもありますから。それに閣下の能力を最大限に活用するためにはこの城内で事務仕事などさせておくべきではない、という点でも同意です」

「たしかにぼくも、外で山賊退治とかしてた方が気が楽かなあ」

「閣下に山賊退治などさせたなら、国際問題になるものまで狩ってきそうですね……まあそれはともかく、辺境伯領の方は何とかなるでしょう」

「そりゃよかった」

事の発端は一月《ひとつき》前、王都での戦勝パレードがあった時に遡る。

その戦勝パレード後の祝勝会で、敗北した敵の領地をぼくが丸々押しつけられた結果。

ローエングリン辺境伯領はなぜか、以前の倍以上に膨らんでしまったのだった。

そりゃぼくだって、愚痴の一つも漏らしたくなる。

「元の領地だけでも大変だったのに、なんで領土が倍に膨らんだのか本当に謎だよ」

ぼくがそう言うと、アヤノさんがなぜかアホの子を見るような目を向けて。

「……それは閣下が、たった一人で百万の兵士を殲滅《せんめつ》したからでは……?」

「そうは言うけど、ユズリハさん並に滅茶苦茶《めちゃくちゃ》強い人なんて一人もいなかったからね? それどころか、スズハくらい強い女騎士すらいなかったかも?」

「そんなものいるわけがないでしょう。それにもし仮に、スズハさんが百万人——いえ、たった百人でもいたら、この大陸はとっくに制圧されて兄妹《きょうだい》が婚姻可能になっています」

「アヤノさんは大げさだなあ」

アヤノさんは軍事方面には詳しくないのか、ぼくやスズハの戦力を過剰に評価しすぎるきらいがある。

「それはともかく、領地拡大に伴う事務仕事の増加は、サクラギ公爵家から送り込まれた人材で十分にカバー可能だと思われます」

いきなり領地が倍になって困ってたぼくに、手を差し伸べてくれたのがサクラギ公爵。

つまりユズリハさんの父親で。

トーコさんが来るのと前後して、かなりの人数の事務官僚をローエングリン辺境伯領に送り込んでくれたのだった。

「わたしもこの目で確認しましたが、サクラギ公爵家は相当に気合いを入れていますね。

どの人材も間違いなくトップクラスで、大国の上級官僚も余裕でこなせるレベルですから。いかな公爵家といえど、あれだけの優秀な人材をかき集めてこちらの領地に送り込むのは相当苦労したはずですよ」

「そうなんだ――ユズリハさんだけじゃなくて、父親のサクラギ公爵も本当いい人だよね。ぼくなんかにそこまで協力してくれてさ」

「むしろ閣下だからこそ、最大限の協力をしてくれたのだと思いますが？」

「……否定できないかも……」

サクラギ公爵、ぼくを謎に買いかぶっているフシがあるんだよなあ。

＊

アヤノさんと別れたぼくは、他のみんなに調査に出かけると伝えに行く。

中でもユズリハさんとスズハの騒ぎようと言ったらなかった。

「そうかキミ、旅に出るのか！　ならばわたしも相棒として、キミの背中を護《まも》るために、一緒に行かねば仕方あるまい――！」

「もちろんわたしもご一緒します、兄さん！」

なぜか知らないけどえらく喜んでいる二人に、女騎士ともなると定期的に盗賊退治とかゴブリン退治とかしないとストレスが溜《た》まるのだろうか……なんて考えていると。

くいくい、と服の裾を引っ張るメイドが一人。

言うまでもなく、この城で唯一のメイドであるカナデだ。

その頭には今日も、彷徨える白髪吸血鬼《ホワイトヘアード・ヴァンパイア》が姿を消した後に現れた謎の幼女、うにゅ子をちょこんと乗せている。

うにゅ子は本格的にメイド見習いに就任したみたいだ。

「……ご主人様。その旅、カナデもついていきたい」

「うにゅ」

「カナデとうにゅ子も？　うーん……」

普通に考えたら、お世話係のメイドでもない限り、旅には一緒についていかない。

そしてカナデはウチにいる唯一のメイドで、ぼくのお世話係などでは断じてないのだ。

普通に考えたらうにゅ子と一緒に城に残るべきだろうけど――

「カナデはできるメイド。ご主人様のお世話も、情報収集もばっちぐー」

「うにゅー」

そうなのだ。

ウチのカナデは以前、あらゆる屋敷《やしき》の天井裏の情報を仕入れてきたメイド。

なんでもカナデに言わせれば、情報収集はメイドの基本技術ということらしい。

「じゃあ、カナデも一緒に行く？」

「……いく！」

「うにゅー！」

ぼくが聞くと、カナデが心底嬉《うれ》しそうに飛び跳ねた。すごく揺れた。

なぜかうにゅ子も一緒に喜んでるけど、まあ見習いメイドらしいから、メイドの仕事を道中いろいろ教えてもらうのだろう。多分。

＊

旅に出ることが決まった。じゃあ次は、どこに行くかという問題になり。

この点で、みんなの意見は完全に分かれた。

会議室のテーブルに広げられた大陸地図を前に、それぞれが己の持論を披露する。

「——いいですか兄さん。トーコ女王に渡された訪問先リストを順番に並べると、僅かに遠回りですが、こうして海岸沿いに進むのが——」

「しかしそのリストを見ると、トーコが国交の無い国を並べているだけじゃないのか？　それよりも情報が見込める場所に焦点を絞るべきだ。具体的にはこちらの地方を――」

「それって、サクラギ公爵家の支配する領地のすぐそばじゃないですか。ユズリハさんが里帰りしたいだけでは……？」

「それを言うのならスズハくんのルートだって、海水浴と各地の海産物食べ歩きがしたいだけじゃないのか……？」

「そ、そんなことはあんまりありませんっ！」

スズハとユズリハさんが熱い討論を繰り広げる様子を見ていると、女騎士の作戦会議もこんな感じなのだろうかと思う。ぼくは軍人じゃないので詳しくは分からない。

それよりぼくは、メイドのカナデの様子が気になった。

表面上は一歩引いて議論を眺めているけれど、なにか秘策を持っているような、そんな雰囲気を醸《かも》し出している。

それにメイドには、独自の情報網があるっていつも言ってるし。

「カナデは、なにかいい案ある？」

ぼくの言葉で、スズハとユズリハさんの注目も集めたカナデは。

「まーかせて」

自信ありげに胸を張って、地図の一点をびしっと指した。

「えっと、ここは……谷かな？」

「谷ですね。ですが兄さん、この周辺には集落など何もないようですが」

「それは当然。ここはひみつの場所、人呼んでメイドの谷」

『メイドの谷？』

ぼくはもちろん、スズハやユズリハさんも聞いたことが無いみたいだ。

カナデがますますドヤ顔を深めて、

「そう。優秀なメイドを養成するためのひみつの場所」

「そんな場所あるんだ……」

「わたしもそこの出身。凄《すご》くひみつだから誰にもいっちゃだめ」

「たった今カナデから聞いたんだけどね……？」

「ご主人様は、カナデのご主人様。だから特別」

それならばスズハやユズリハさんはどうなるのさと思ったものの、面倒な話になってもアレなので黙っておこう。

「メイドは情報収集のプロ。だからメイドの谷には、世界中のひみつ情報が集まってる」

「ふむ……カナデの言うことも一理あるかもな」

「ユズリハさん？」

「カナデの言うとおり、メイドは時に貴族すら凌駕《りょうが》する横の情報網を持っていたりする。トーコの示した小国よりも、こちらの方が情報量が多いかもしれない」

「…………」

「な、なんだスズハくん。なにか言いたいことが――？」

「この場所ですと、山を二つ越えた先はサクラギ公爵領ですね？」

「い、いやあ!?　それは気づかなかった、偶然だな――！」

なぜか額に汗をかいて弁解するユズリハさんはさておいて。

「とりあえず、最初の行き先は決まったね」

メイドさんは情報収集のプロだ。少なくともウチのカナデは。

ならばひとまずは、カナデの提案を採用しよう。

というわけで、ぼくたちはメイドの谷を目指すことになった。

3（トーコ視点）

深夜のサクラギ公爵家。

当主の書斎で、その夜もトーコ女王とサクラギ公爵家当主が密会していた。

「――ふむ。するとあの男を、わざと領地から出したということか？」

「そういうこと。なにしろスズハ兄がずっといればその土地は絶対に戦争も起きないし、魔物やドラゴンに襲われたって平気だし、統治は平等なうえ平民に優しく税金だって安い、おまけにオリハルコンの鉱脈すら見つけちゃった。――気づいてる人はほぼいないけど、ちょーっとスズハ兄はカリスマ過ぎるんだよ」

「むう……」

「でさ。スズハ兄がカリスマなことは無自覚チート野郎なのと同じでもう諦めるとしても、あのド辺境にそんなカリスマがガッツリ居座ってるのは問題なの。放置したままだと最悪、国が二つに割れるまであるから」

「あの男にそんな気はさらさら無いと思うが……？」

「スズハ兄は微塵《みじん》も考えないだろうけどね。それに将来的に、ローエングリン辺境伯領に遷都する計画だってあるし。もちろんスズハ兄は領主のままで」

そりゃスズハ兄をローエングリン辺境伯にしたのはボクだけど、とトーコは嘆息する。

あの時はウエンタス公国との戦争の関係で、そうせざるを得なかったのだし。

それにスズハ兄が領主として優秀なうえ、ミスリル鉱山どころかオリハルコン鉱脈まで出てくるなんて完全に想定外である。

「もちろん遷都って言っても、ずっと先の話だけどさ」

「たしかにオリハルコン鉱脈と、あの男が統治しているという絶対的安心は、それ以外の悪条件を無視してでも王都を移転する価値があるかもしれんな」

「それにしたって、準備がいろいろ必要だからねー。今すぐどうこうって話じゃないから。それまでスズハ兄にはローエングリン辺境伯領じゃなくって、ウチの国全体のカリスマでいてもらわなくちゃ困るってわけよ」

そして話は最初に戻る。

もちろんスズハの兄に話した、オリハルコンや彷徨える白髪吸血鬼《ホワイトヘアード・ヴァンパイア》の情報が欲しいこと、自国や国交のある国は調査中であるために、それ以外の情報源が欲しいことは間違いない。

けれどそれ以上に。

「お前があの男に示したのは……我が国との交渉を拒否している連中ばかりか」

「そういうこと。ボクが行っても門前払いされるけど、スズハ兄なら大丈夫でしょ？」

「百万もの敵兵を一人で倒した伝説は、今や大陸中に広まっているからな。いくら情報に疎《うと》い連中でも、あの男を知らないというのはあり得んだろう。そしてあの男を怒らせたら一瞬で滅ぼされると思えば、まさか無下にもできまい」

「まあスズハ兄を怒らせたら一瞬で跡形も無く消し飛ぶってのは本当だとしてもさ、あの温厚なスズハ兄がその程度で怒るはずないいんだけどね！」

「ふん。情報を遮断した連中に、そんなことが分かるはずもない」

「そういうこと。ねえ公爵、今回のボクの作戦はどうよ？」

トーコの自己採点では、かなり会心の出来だと思っていた。

なにしろ合理的にスズハの兄が国の顔――つまりトーコの支配下にあることが大々的にアピールできる。

そこにはトーコの誰にも言えない思いがあった。つまり。

――一緒にいるのはユズリハでも、自分だってスズハの兄とばっちり繋《つな》がっているぞ、ということを世間に知らしめなければならない。そんな思い。

決してスズハの兄がいない間は鮨《すし》が届けられないから王家の財政危機を回避できるとか、そんなチャチな理由では断じてない。

まあ何にせよ、トーコの中で今回の作戦はかなり点数が高いものだった。

けれど公爵の表情は、トーコの予想を裏切るもので。

「そうだな……」

「──なにその表情。公爵、ボクの作戦におかしなところあった？」

「いや、そうではない」

「じゃあどうしてそんな、なんとなーく微妙に納得いかないような表情なのよ？」

「まさにそんな気分だからな」

「……？」

訝《いぶか》しげな顔のトーコに、公爵が一つ咳払《せきばら》いをして。

「一つ聞くが、お前の思い描いたとおりになったとして、その結果なにが起こる？」

「えっ？　それは……オリハルコンや彷徨える白髪吸血鬼《ホワイトヘアード・ヴァンパイア》の情報収集はまず無理でしょ、そんな情報なんてどこも持ってないと思うし。だから結局はスズハ兄にビビり散らかした連中が、焦《あせ》ってウチの国と国交を持とうとしてくるか、もしくは貢《みつ》ぎ物の一つでも贈ってくると踏んでるけど？」

「ワシもそう思う。だからこそ引っかかるのだ」

「どゆこと？」

「あの男が、その程度のぬるい成果で自重すると思うか？」

「えっ……」

そう言われても、とトーコは思う。

トーコの王女時代から、国交を拒絶する潜在的敵国への対応は重要課題の一つだったし、内情だってスパイを放って分析もしている。

いくらスズハの兄でも、予想以上のことができるとは思えない。

「じゃあ公爵は、スズハ兄がなにしでかすと思うのさ？」

「そうだな、あんな弱小国家どもなどよりも遥《はる》かに重要で価値のあるモノ——たとえば、これはあくまで仮の話だが、冥土《めいど》の谷を見つけるとか——」

「冥土の谷‼」

んなアホな、とトーコが鼻を鳴らした。

冥土の谷とは大陸のどこかにあると囁《ささや》かれている、超一流の暗殺者養成機関である。

その谷にはあらゆる暗殺の技、そして大陸全土の極秘情報があると噂《うわさ》されている。

その谷に入ったら、超一流になるまで決して出ることはできないと言われている。

そして生きて出られる確率は、千分の一に満たないとも——

まあ正直なところ、ただの伝説の類いであって実在なんてしないであろうというのが、王家の諜報《ちょうほう》部隊が出している結論だ。

「いやいや公爵ってば、いくらスズハ兄でもそれは絶対不可能でしょ⁉　なにバカなこと言っちゃってるのさ！」

窘《たしな》められた公爵が、わずかに顔を赤くして。

「う、うむ……我ながら、つい空想じみたことを言ってしまった」

「まったくだよ！　いくらスズハ兄でも、無理なことは無理なんだからね！」

そう言って、大笑いしたのだった。

――スズハの兄が現在、どこへ向かっているか知らない二人は。

4

ぼくの領地であるローエングリン辺境伯領もたいがい辺境なのだけれど、カナデの言うメイドの谷がある場所は、もうそれどころじゃなかった。

なにしろ半径数百キロにわたって、人間の集落が存在しないのだ。

「どうしてそんな僻地《へきち》で、メイドを育成してるのさ……？」

「メイドは影。だれも知らない、知られちゃいけない。それがメイドのふるさと」

「それにしてはこの前、あっさりと聞かされたような……?」

「ご主人様はご主人様だから、問題ない」

旅のメンバーはぼくの他に、スズハ、ユズリハさん、カナデとうにゅ子の総勢五名。

スズハとユズリハさんはいいとしたって、メイドのカナデと幼女のうにゅ子は、普通に考えれば連れて来るのは無理があるけれど。

まあメイドの養成機関があるくらいだし、大丈夫だろう。

最初こそ街道沿いを旅していたぼくたちだけど、すぐに街道を外れて森を抜け、高山を越えて最短ルートを突き進む。

とは言っても、その内実は半分ピクニックみたいなもので。

「——さて兄さん、今日は何で勝負しますか?」

「うーん」

ぼくたちは旅の途中、暇つぶしに一日一回『勝負』をしていた。

その日のお題をぼくが決めて、勝者はなんでも一つだけお願いができるというもので。

その結果。

スズハが勝った時には、夕食後にスペシャルマッサージ満漢全席版を要求されたり。

ユズリハさんが勝った時には、翌日一日中肩車をさせられたり。

カナデが勝った時には、メイドに迫る鬼畜領主プレイ（未遂）をさせられたりした。

誰にお願いしてもいいはずなのに、ぼくにしか要求が来ないのはなぜなのか。

「じゃあ今日は、狩りにしようか」

「狩りですか」

「食事用に獲物を見つけたら、誰がその獲物を狩れるかを勝負するってことでどう？」

「いいでしょう兄さん。腕が鳴ります」

「ふふふ。わたしが剣だけでなく、弓も得意だということを示す時が来たようだな！」

「……負けられない戦い。蝶《ちょう》のように舞い蜂のように刺す、それがメイドのしんずい」

「うにゅー！」

それからぼくらは険しい山を登り、良さそうな獲物を見つけたのは昼過ぎのことだった。

「あれでどうかな？」

「あれは……ドラゴンでしょうか？」

「いやスズハくん、あれはワイバーンだ」

ワイバーンとはドラゴンの小型劣化版みたいなやつで、案外獲《と》るのが難しい。

そのワイバーンが、遥か向こうの上空を悠々と飛んでいる。

どこかの人里を襲いに行く途中かもしれない。

「ラッキーだね。ワイバーンは美味《おい》しいんだ」

「ですね、兄さんの料理が楽しみです」

「いや二人とも。ワイバーンは優秀な騎士団がいなければ、小国ですら滅ぼすんだが？

……まあいいか」

なぜか釈然としていなそうなユズリハさんを含め、それぞれ遠距離攻撃の準備を始める。

「ん……しょっ」

スズハが可愛《かわい》いかけ声とともに、近くにあった推定重量五トンの岩を頭上に持ち上げて投擲《とうてき》準備に入り。

「もらったな。スズハくんは甘いぞ、もっと飛びそうな形状のものを選ばないと」

ユズリハさんが、高さ二十メートルの大木を地面から引っこ抜き槍《やり》投げの構えをして。

……カナデが頭上のうにゅ子を使って狙いを定めたので、それはさすがに止めた。

「うにゅー!?」

「カナデ、うにゅ子を投げちゃいけません」

「うにゅ子は頑丈、いくら投げても大丈夫。それにメイドは千尋《せんじん》の谷に投げて鍛える」

「いくら頑丈でもダメだよ⁉」

ぼくがカナデを叱っている間に、スズハの投げた岩とユズリハさんの投げた大木は……当たったけど撃ち落とせてないね。威力が足りなかったみたいだ。

仕方ないなあ。

「じゃあ後はぼくが」

そう言ってポケットに入っていた硬貨を取り出すと、狙いを付けて指で弾く。

ドンッッ、と爆発したような音と同時に硬貨が猛スピードで飛んでいって、一瞬後にはワイバーンの頭蓋骨を貫通した。

兄としていいお手本が見せられたぼくは少し得意げに、

「スズハ、弾は軽い方がスピードが出て威力が増したりするよ？　こんな風に」

「……いえ兄さん、それ以前にワイバーンの頭が吹き飛んでるんですが……？」

「ワイバーンは頭が弱点だからね」

「いやいやキミ、そういう問題じゃないだろう⁉　どうしてコインを指で弾いただけで、ワイバーンを瞬殺できるんだ⁉」

「コツですよ」

ぼくにだってできるのだ、名だたるトップ女騎士であるユズリハさんならば練習すればすぐできるようになるだろう。

そんなぼくの言葉を聞いたユズリハさんが、なぜかすごく疲れたように呟《つぶや》いた。

「……ふう。キミの無自覚無双には慣れたと思っていたが、わたしもまだまだだな……」

どういう意味だろう。解《げ》せぬ。

＊

ワイバーンも美味しく食べて、あとは寝るだけという時間。

「ところで兄さんは、勝者のお願いをどう使うつもりです？」

「えっと……？」

そういえば何も考えてなかった。

ふと見ると、冷静さを装《よそお》って聞いてくるスズハの後ろでユズリハさんやカナデたちが明後日《あさって》の方を向いたまま聞き耳を立てている。

ぼくが酷《ひど》いお願いでもすると思われているのだろうか？　ちょっぴり悲しい。

「お願いしたいことも思い浮かばないし、別に無しでも——」

「いいえ兄さん。それはダメです」

スズハがずずい、と顔を近づけて、

「勝者が権利を行使しないのはいけません。というわけで、よく考えてください兄さん。何かあるはずです」

「えーと……？」

「仕方ない兄さんですね。例えば具体例を挙げるならば、いつも頑張っている可愛い妹を思いっきりナデナデしてあげたいとか、最近また胸元が大きくなった妹のスリーサイズが知りたいとか――」

「ちょーっと待った⁉」

よそを向いていたはずのユズリハさんが、ちょっと待ったコールと同時にえらい勢いで駆け寄ってきた。

「ず、ずるくないかっ⁉　そんなこと言うならわたしだって、スズハくんの兄上と一晩中くんずほぐれつ特訓したいし、スズハくんの兄上が作る美味しい味噌汁《みそしる》を毎日飲みたいし、スズハくんの兄上の背中を一生護《まも》りぬきたいし！」

「それ全部ユズリハさんの願望じゃありませんか。却下です」

「スズハくんだって、全部スズハくんの願望じゃないか⁉」

大騒ぎする二人に、ぼくはやれやれと肩を竦《すく》める。

そんな二人をよそに、すすすと寄ってきたメイドのカナデの頭を撫《な》でて、

「カナデはこんなに静かでお行儀がいいのにね」

「ん。メイドは静か。なのでご褒美《ほうび》を要求する」

「なに？」

「――これからもずっと、カナデはご主人様のメイドでいたい」

「それならぼくも、勝者のお願い事は『ずっとカナデの主人でいたい』にしようかな」

「……ん」

カナデは小さく頷《うなず》くと、ぼくに寄りかかってきて、やがて小さな寝息を立てた。

スズハもユズリハさんも、カナデを見習っていただきたい。

5

山をいくつも越えた先、ぼくたちはようやくメイドの谷へとたどり着いた。

「えっと……ここがそうなの？」

「そう」

見た感じは、谷の間にひっそり存在する田舎の集落といった感じ。

とてもメイドさんの養成機関には見えないけれど――

「このまま進む」

集落に入ると、音も無く現れる数人のメイド。

年のころも姿格好もカナデと変わらない、どこからどう見てもメイドさんである。

しかも足音を完璧に消しているあたりに、メイドとしての熟練度がうかがえた。

優秀なメイドを見慣れている公爵令嬢のユズリハさんも、思わず目を丸くしていた。

「えっ？　……ええええええっ⁉」

「いやあ、みんな熟練してますねえ」

「いやいやいやいや⁉　メイドが静かに歩くのは基本だが、でもここは砂利道だぞ⁉　なんでその上を音も無く歩けるんだ⁉」

「メイドだからじゃないでしょうか？」

「メイドだぞ⁉　暗殺者じゃないんだぞ⁉」

なるほど、つまりユズリハさんから見てもハイレベルなメイドさんたちということか。

さすがはカナデの出身地。

メイドさんたちは、ぼくたちを警戒しているように遠巻きに見ていたけれど、後ろからカナデがスッと姿を見せると一斉にカーテシーをして。

『校長先生――！』

「うむ……みな、出迎えごくろう」

「ええっ⁉　カナデって校長先生なの⁉」

「そう。メイドの谷は、歴代でいちばん優秀だったメイドが校長先生になるおきてがある。だからカナデが校長先生」

「そうなんだ。凄《すご》いねカナデ」

「……そうでもない……むふふ……」

カナデはドヤ顔になる自分の表情をなんとか隠そうとしているが、緩んだ頰と膨らんだ鼻は隠せていなかった。

「うにゅー！」

カナデの頭上に乗ったうにゅ子も、カナデの偉大さに目をキラキラさせているようだ。

その気持ちすごく分かる。

ぼくもカナデの主人として鼻が高い。

集落の中を歩いていくと、そこかしこに罠《わな》が巡らされているのが分かった。

一見なんの変哲もない場所に、落とし穴が掘られているとか。

木の上から檻《おり》が降ってくる仕掛けとか。

よく分からないけど、きっとメイドの教育に必要なんだろう。多分。

「うーん……」

「どうしたのスズハ？」

「なんかこうですね、メイドというよりどこか盗賊の根城みたいな雰囲気があるような。上手《うま》くは言えないんですが……」

「ああ、スズハくんの言いたいことは分かる」

「ユズリハさん？」

「わたしの感想だとニンジャっぽい感じかな。遥《はる》か東方の島にいるという伝説の――」

「へえ、そんなのあるんですか」

つまりメイドの谷は、ユズリハさんから見ても東方の文化をも取り入れた最新のメイド養成機関なのだろう。

たいしたものだと感心した。

＊

集落の中でもひときわ大きい家に通されて、みんなでゆっくりしていると。

カナデがくいくいとぼくの裾を引っ張ってきた。

どうしたのかと聞いてみる。

「――え？　メイドの訓練を手伝って欲しいって？」

「そう」

それからのカナデの説明をまとめると。

本来メイドというものは、主人の命令を聞いてなんぼなわけで。

けれどメイドの谷では、主人役はいても、本当のご主人様は存在しない。

なのでぼくに、メイドの谷での主人役をやって欲しい――ということらしい。

もちろんぼくとしても異論は無い。

「メイドの谷には、オリハルコンと彷徨える白髪吸血鬼《ホワイトヘアード・ヴァンパイア》の情報収集で来たわけだからね。そのお返しになるかは分からないけど、訓練の手伝いくらいいくらでもやるよ」

「……ご主人様にそう言ってもらえると助かる」

「あれ？　でもカナデがメイドの谷の校長先生ならさ、ぼくたちが来なくてもカナデから聞いてもらえば良かったんじゃ……？」

「……そ、そんなことない……」

それならどうして、カナデはぼくの目を見て答えないのかな？

まあいいけどさ。

こちらから頼み事をするのに、挨拶の一つしないってのも気持ちいいものじゃないし。

それに。

「カナデはぼくに、メイドの谷を見て欲しかったんでしょ？」

「……そう。あともう一つ」

「うん？」

「──ここのみんなを、『ほんとうのご主人様』に出会わせたかった」

それがどういう意味なのか、ぼくにはよく分からなかったけれど。

カナデの瞳はすごく真剣で。

「──だから、メイドの谷のみんなを、一人残らずぶちのめしてほしい」

「どういうことなの!?」

それからカナデに連れてこられたのは、メイドの谷の最も奥底になっている場所。

そこでは数百人はくだらないだろう数のメイドさんたちが、一心不乱に訓練していた。

具体的には、何かをナイフで突き刺す訓練をしていた。

その光景たるやホラー以外の何物でもない。

「えっと……これは……？」

「くんれん」

「なんでナイフを振り回してるのさ⁉」

「ナイフはメイドの仕事のきほん。ナイフが上手く使えれば、なんでもりようりできる。だからとても大事」

「そ、そうなんだ……？」

そう言われれば、そんな気もする……かな……？

まあそれはそれとして。

「ねえカナデ」

「なに？」

「ぼくはなんだか、嫌な予感がするんだけどね」

「どんな」

「そうだね。具体的には、ぼくがメイドさんの群れに襲撃されて、四方八方からナイフでめった刺しにされるような」

自分で言いながら、まさかねと思う。

だってそんなの、明らかに猟奇殺人の類いだ。

どんなに使用人を虐待しまくった悪徳領主だって、そこまで至るのは滅多にいない。

けれど、カナデはぼくをじっと見て。

「さすがカナデのご主人様」

「え？　なに？」

「だいぴんぽん」

――気がつくと、いつの間にかメイドさんたちはナイフの素振りを止《や》めていて。

けもののようにギラギラした目を、ぼくの方に向けていた――！

６（ユズリハ視点）

目の前で繰り広げられる光景に、歴戦の女騎士であるユズリハも絶句するしかなかった。

四方八方から繰り出される攻撃を、スズハの兄が受けきっているのはいい。

スズハの兄にちぎっては投げちぎっては投げをされた結果、斃《たお》された死体（？）の山が積み上がっているのもまあ良し。

だがしかし――それらが全員、メイド服姿なのはどういうことか。

「なあ……あれって本当にメイドなのか？」

ユズリハの口を突いた疑問に、横で眺めていたスズハが答える。

「みなさんメイド服を着ていますし、メイドでは？」

「いや……メイドというより、やっぱり暗殺者だのニンジャだのの方が合っているような気がしないか……？」

「知らないんですかユズリハさん？　暗殺者はメイド服を着ないんですよ？」

もちろん、そんなことはユズリハも知っている。

「しかしナイフの扱いも、身のこなしもメイドのそれではないだろう……？」

「護衛メイドみたいなタイプもいるって聞きますよ？」

「いやそれにしてもやっぱり……」

「それにいずれにせよ、兄さんには遠く及びませんし」

それは確かにその通りだとユズリハは思った。

ユズリハの目で観察するに、ここのメイドの戦闘力は恐ろしく高い。

一対一で正面から戦えば、新米騎士をなんとか倒せる程度だろうか。

もちろんメイドがそれほど強いだけでも大したものだ。

けれど観察していれば分かる。このメイドたちは連係プレーが上手い。

そして何より、気配を殺すのが上手い。死角に入るのがとても上手い。

一撃一撃できっちり急所を狙っていて、攻撃の正確性も抜群なのが見て取れる。

「ここのメイドは、人数が増えれば加速度的にヤバくなるタイプだな……」

「ええ。ただでさえ素早い動きで撹乱《かくらん》するうえ、正面のメイドを倒そうと集中していると、その隙に別のメイドが背後からグサリです」

「……護衛メイドなら防御力が重要なんじゃないか？　どこから見ても、ここのメイドは攻撃力全振りなんだが？」

「攻撃は最大の防御とも言いますし、いいんじゃないですか？」

「そうなのか……？」

なんとなく釈然としないユズリハだが、それでも分かることが一つ。

「いずれにせよ、ここのメイドは強すぎる。もし十人対十人で戦わせたなら、ワンチャン王都の近衛師団《このえしだん》にも勝てるかもしれん」

「ルール無用なら間違いなく勝つでしょうね」

「……でもやっぱり、スズハくんの兄上には通用しないんだな」

「兄さん、全方位の攻撃を受け止めてますからね」

背中や頭上、あらゆる攻撃を防ぐ兄の様子を見ながら、スズハがボソリと呟《つぶや》いた。

「つまり兄さんは、誰かに背中を護《まも》ってもらう必要が無いと――」

「そそそ、そんなことないぞ⁉」

自分のアイデンティティを否定されかねない指摘に、ユズリハが猛烈に慌てていると。

「まあ、そんなことはどうでもいいですが」

「ちっともよくないんだが⁉」

「なんであのメイドたち、ずっと兄さん相手に訓練してるんでしょうね？」

「わ、わたしが背中を護るんだ――なんだって？」

言われてみれば確かに、メイドの戦闘訓練としては長すぎる。

なにしろもう何時間もやっているのだ。

「ううむ。メイドの戦闘訓練なら、あれほど長時間やる必要は無いし……」

「……ちょっと拙《まず》いですね」

「そうかな？　スズハくんの兄上のことだから手加減はちゃんとしているだろうし、別にいいんじゃないか？」

「考えてみてください、ユズリハさん。ここのメイド、これだけの腕前ですから自分たちの戦闘力には自信を持っていたはずです」

「だろうな」

「それを、兄さんに『分からせ』られちゃったら――」

「あっ」

「兄さんのやってることって、ある意味でメイドの躾《しつけ》と同じだと思いませんか？　つまり自分がメイドたちのご主人様なんだって、メイド魂《だましい》に熱い拳《こぶし》で刻みまくっていることと同じなわけで……」

「そ、そんなバカな……ははは……」

「ユズリハさん、声が震えてますよ？」

心当たりがありすぎる。

アマゾネスの部族長なんて前例を出すまでもなく。

自分もまた、スズハの兄の強さに魅せられたという自覚しかないユズリハは。

ただ乾いた笑い声を上げるしかなかった――

7

メイドの谷に来た初日こそ、メイドさんと無限組手みたいなことをさせられたけれど、その後は至って快適な滞在をさせてもらっていた。

なにしろ居住するメイドさんの人数が膨大で、その一人一人にカナデが聞き取り調査をしてくれている。久しぶりの挨拶も兼ねているみたいだ。

なので聞き取りが終わるまで、しばらく時間が掛かる。

その間、ぼくらは時にメイドさんのお手伝いなんかをしながら、メイドの谷に滞在しているわけだけど——

「兄さん、どうして左右にメイドを侍《はべ》らせてるんです⁉　しかも膝の上にカナデまで！

そこはわたしの席のはずですっ！」

「いや、もう子供じゃないんだし膝上はスズハの席ではないような……？」

「そんなのは些細《ささい》な問題です！」

ぼくがメイドさんたちの訓練を手伝っていると、結構な確率でスズハがご立腹の様子で異議を申し立ててくるわけで。

「仕方ないよスズハ。これは大事な訓練の一環なんだって」

「……どんな訓練ですか？」

「領主の子息と打ち解けるため、メイドが四六時中いちゃいちゃする訓練」

「そんな訓練あります⁉」

いやぼくも、おかしいとは思ったんだよ。でもねえ。

「ぼくもカナデに聞いたんだよ。そんな訓練が本当にあるのかって」

「だったら、」

「そしたらカナデが『あるとしか言えない』って答えたからさ。じゃあ本当だなって」

「兄さんそれ騙《だま》されてません⁉」

失礼な。ぼくは自分のメイドのことを信頼しているだけなのに。

それにまあ、もし違ってても実害は無いしね。

「ねえスズハ、ぼくたちはメイドの谷のみなさんに、色々お世話になってるんだからさ。ぼくたちでできる恩返しはしないとね？」

「──まあその点は、スズハくんの兄上の言うとおりだな」

「ユズリハさん。訓練の方は終わったんですね」

「ああ」

ユズリハさんは主に、メイドたちの戦闘訓練を行ってくれている。

ちなみにスズハは特になにもしていない。

「だがここのメイドたちの戦闘力は凄《すさ》まじいな。攻撃力に特化し過ぎるのが難点だが……それにしても、他の訓練をしている姿を見かけないのだが？」

「ちゃんとやってる。たとえばどくや──薬の調合とか」

「ほう」

「どくば――針を使ったくんれんとか」

「そうだったのか。実はわたしは、裁縫が少し苦手でな。戦場で衣服が破れた時なんかに困ることがあるんだ。なのでわたしも参加させてくれないか？」

「あぶないからだめ」

「わたしはそこまで不器用じゃないぞ⁉」

まさか毒針を使うわけじゃなし、カナデの態度は大げさではあるけど、ユズリハさんもあれで公爵令嬢だからね。

万が一にも怪我《けが》されたくない気持ちは分かる。

*

カナデの聞き取りがあらかた終わるまで、結構な時間が掛かった。

その間、ぼくはメイドさんたちの訓練に付き合って、メイドさんに膝の上に乗られたり、メイドさんと一緒にお昼寝したり、メイドさんに「あーん」されたり、メイドさんの腰のリボンを「よいではないか、よいではないか」「あーれー」なんて言いながら引っ張ってくるくる回したりとか、他にもなんかもういろいろした。

そして結論。

「……情報は得られなかった。ごめんなさい」

「とんでもない」

カナデがしゅんと項垂《うなだ》れている。

結局のところ、オリハルコンと彷徨える白髪吸血鬼《ホワイトヘアード・ヴァンパイア》の有力情報が得られなかったことで、カナデは責任を感じているようだった。

でもそんなもの、そもそもが無理難題だったわけで。

「カナデはよく頑張ってくれたよ。ありがとう」

「ん……」

頭を撫《な》でると、カナデが気を取り直したようにぼくを見て。

「それでご主人様。どうだった？」

「どう、って？」

「メイドの谷のメイド。ご主人様は、みんなにもちゃんとご主人様として認められたから、好きなメイドをお持ち帰りしていい。みんな喜ぶ」

「ええ……？」

そう言われて考える。

たしかに、あの広大なローエングリン城のメイドがカナデ一人っていうのは、大変だと思っていたのだ。カナデが万能メイドだから忘れがちだけど。

だからこの機会に新しいメイドを雇えるというなら、それもアリだろう。

ここのメイドなら、みんな気心も知れてるしね。

「カナデは何人欲しい？」

「ご主人様がほしくないなら必要ない。そもそもメイドの谷のメイドはみんな半人前」

「そっか、養成機関って言ってたもんね」

でもだからと言って、これでバイバイというのはちょっと寂しい。

せっかく繋《つな》がった絆《きずな》なわけだし。

それになにしろ、ウチのメイドのカナデが校長先生らしいからね。

——そこまで考えて、いいアイデアが浮かんだ。

「じゃあぼくが、理事長になるってのはどう？」

「りじちょう……？」

「そう。メイドのみんなを教育するお金を、支援する役目。どうかな？」

そうすればぼくが少しでも支援できるし、メイドさんたちとの絆も繋がったまま。

それにぼくも辺境伯になって、お金にはだいぶ余裕ができたからね。

メイド教育に投資したってバチは当たらないだろう。

ぼくの提案を説明していくと、カナデの顔がみるみる明るくなっていく。

「……いい！　りじちょう、すごくいい……！」

「カナデもそう思う？」

「ご主人様はカナデよりえらい、りじちょうも校長よりえらい。だからぴったり」

「まあ、ぼくはカナデたちに口出しする気は無いけどね」

「みんな、ご主人様のメイドになりたがってた。だからうれしい」

「そっか」

いつかメイドの人手が足りないとカナデが言ったら、何人かウチに就職してもらおう。

カナデもきっと喜ぶはずだ。

「そういうことなら、メイドの谷のメイドはみんな、ご主人様のメイドもどうぜん」

「まあ金銭的な流れはそうかな？」

「というわけでご主人様、びしっとみんなに命令してほしい。それに、ご主人様の命令がもらえないとみんな悲しむ。メイドの名折れ」

「うーん……」

とは言っても、何人かだけローエングリン城に連れて行ったら、みんな一緒にメイドの訓練ができなくなるしなあ。

「じゃあさ、引き続き情報収集を頼んでいいかな?」

「どんとこい」

「無理とかしなくていいから、できる範囲でオリハルコンと彷徨える白髪吸血鬼《ホワイトヘアード・ヴァンパイア》について調べてくれたら嬉《うれ》しいな。そうだ」

ぼくはポケットからトーコさんに渡されたメモを取り出して、

「これ、トーコさんのリスト。ここら辺に情報があるんじゃないかって言ってた」

「——わかった。メイドの谷のなにかけて、てっていてきに調べ上げる」

「期待してるよ」

まさか現地調査に行くわけじゃないだろうけど、メイドは横の繋がりも広いみたいだし。ひょっとしたら、現地で知り合いが働いてたりとかあるかもしらん。

「それじゃよろしくね」

「もえる」

そんな風に、気軽にお願いしたその一言が。

まさか大陸の地図から小国が三つ消えるきっかけになるなんて事実を、その時のぼくは知るよしもなかった――

8（トーコ視点）

深夜のサクラギ公爵邸。

その日のトーコ女王とサクラギ公爵の密談は、いつもより深刻な色を帯びていた。

「――そう、公爵のところも同じってわけ」

「うむ。我が家の諜報部《ちょうほう》では、裏社会でなんらかの大きな動きがあったと推察している。ただしそれが何なのか、皆目見当がつかないらしい」

「王家の情報網でもおんなじ。何かあったのは間違いないけど、何が起こったのかはもうさっぱり不明だってさ」

つい最近、王家と公爵家の諜報部隊が、ほぼ同時期に異変を察知した。

それは一般人が見ていても決して気づかないだろう、僅かな違和感。

表面上は平静を装《よそお》っているが、何年も見続けている人間なら日常と様子が違うことに気づく――そんな異変だった。

それらの報告が上がる王家と公爵家は、かなり優秀な諜報部隊を持っていると言える。ほとんどの貴族たちは、裏社会の奇妙な異変には気づいていないはずだ。

「──これは、一つの推測なんだけどね。ウチの諜報部隊のトップが言うには、どこかの裏組織の大ボスが代わったかもしれないんだって。なんでも滅茶苦茶《めちゃくちゃ》貴重なお宝だとか、クソ高い宝石だとか、そういう祝いの品になりそうなモノが大きく動いたみたい」

「公爵家でもその可能性は指摘されていたな。ただし、該当するような裏組織がまったく見当たらないと言っていたぞ」

「やっぱり？　ウチでもそう言ってた」

王家や公爵家の諜報部が推定する移動された資産の総額は、小国の一つや二つくらいは軽く買えるほどの金額だった。ひょっとしたら大国であるドロッセルマイエル王国すらも、ローエングリン辺境伯領以外ならなんとか買えるんじゃないかというほどに。

その段階で、なにかの取引という線はまず消える。なにを取引するというのか。

次に思い浮かぶのは祝いの品だ。

こちらはいかにもありそうに思える。動いたことが確認されたのは、めでたいとされる祝い事の定番品や、ごく希少な宝石やマジックアイテムなど、いかにも祝事で献上するにふさわしい品ばかりだったから。

しかしその線も、やはりあり得ないように思われた。

その理由はしごく簡単。

「なにしろ途轍《とてつ》もない金額だからね。あんなの、どの大国の裏組織のトップが交代しても到底集まらないっての」

「そうだな。──もしもあるとするならば」

「あるとすれば？」

「それは大陸の裏社会全体に君臨する、絶対的な支配組織だろうと言っていたな」

「あー。ウチの連中もそんなこと言ってた。でもそんなのあり得ないでしょ？」

「そうだな──それこそ『冥土《めいど》の谷』でもない限りは無理だろう」

「じゃあやっぱ無理じゃん」

冥土の谷とはこの大陸のどこかにあるとされる、裏社会で囁《ささや》かれる伝説の場所のこと。

この大陸の超一流暗殺者は、すべて冥土の谷の出身者であると噂《うわさ》されている。

そして冥土の谷には、もう一つの異聞がある。

──冥土の谷に棲《す》まう、血に塗《まみ》れし暗殺者たちは。

自分を支配するに足る主人を、永遠に待ち続けているのだと──

「ボクの聞いた話だと、冥土の谷にはボスがいないんだってよ？」

「そういう伝説のバリエーションもあるらしいな。まあ、超一流の暗殺者集団などという連中がいたとして、そやつらを従えるものなどいてたまるか」

……なーんか、該当しそうな人間を一人、忘れてるような気がするけど……

トーコはなんとなく小骨が喉につっかえたような感覚に陥ったものの、すぐにそもそも冥土の谷からして伝説の存在であることを思い出して。

実在しないモノを考えても仕方ないと、考えることを止《や》めたのだった。

＊

その夜、結局何が起こったのかは分からないという結論に至った後。

トーコが思い出したように、公爵に別の話題を振った。

「そういえばさあ。それよりは全然目立たないけど、人の動きもちょっとヘンなのよね」

「なに？　……それは我が家の諜報部も把握しておらんな」

「いや、こっちでも大した話にはなってないんだけどさ」

トーコが公爵家書斎の壁に掛けられた地図をトン、トン、トンと指し示す。

「この三つの国への旅人が、なんだか増えてるみたいなのよ」

「これは……三つとも、我が国と国交の無い小国か」

「そう。さっきみたいに物資の大移動があったとかいう話じゃないしさ、偶然に旅行者が増えるタイミングだったのかもしれないけど」

「別に気にする必要は無いのではないか？」

「まあ普通ならそうだよね」

旅行者数の推測というものは案外難しい。

それが情報の少ない小国や、国交の無い国ならばなおさら。

たとえばその国独自の、数十年に一度しか行われない祭事があるとか。

もしくは大長老が数十年ぶりに交代したとか。

そんなことがあったとしても、そもそも情報が無ければ知りようがないのだから。

「でもさー、一つだけ気になる点があって」

「なんだ」

「この三つの国ってさ、みんなボクがスズハ兄に、情報収集にオススメだよって言ってた国なんだよね」

「……なんだと……？」

公爵の頬がひくりと引きつる。

「確認するが、あの男は三つの国に入国したのか？」

「ボク知らないんだよ。今のところ、スズハ兄の消息は不明。どこに行ったかってことも聞いてないんだよね。まあ辺境伯領に問い合わせれば、分かるだろうけどさ」

「まあ、あの男のことだ。無事なことは間違いないだろうが」

言って公爵がかぶりを振ると、トーコも小さく嘆息して。

「でもスズハ兄のことだからね、いったい何をやらかすのか――」

「ふん。あの男を表舞台に引き上げたのはお前だ、せいぜい責任を取るんだな」

「ええっ!? 公爵だって同罪でしょ！」

「ワシは、我が家の中に取り込む気でいた。野に解き放ったのはお前だ」

「いやそんな、スズハ兄は猛獣じゃないんだからさ」

「そうか？　あの男以上の猛獣を、ワシは見たことが無いがな」

「それはボクもだけどさ――！」

まあそれはそれとして。

とりあえずスズハの兄が絡《から》んでいるとしたら、そう悪いことにはならないだろうという楽観的な予測でもって、その日の密談は終了したのだが。

その僅か数日後のこと。

三つの小国から、揃《そろ》ってドロッセルマイエル王国への帰属を求める書状が届いて。

トーコ女王とサクラギ公爵は、とある辺境伯の名を絶叫したのだった。

2章　サクラギ公爵領にて

1

メイドの谷は、情報収集としては空振りに終わった。

とはいえ、今後も情報があったら随時教えてくれると約束してくれたので、その点では収穫大である。メイドの横の繋《つな》がりは強いからね。

そんなわけで、次はどこに行こうという話になって。

「なあキミ、わたしの実家に行かないか？」

「え？　それってどういう――」

「い、いやっ⁉　決してそんなやましい意味ではなく！」

「――ユズリハさん、なに慌ててるんですか。怪しいです」

それからユズリハさんが弁明したところによると。

なんとユズリハさん、オリハルコンとうにゅ子が見つかった時に、サクラギ公爵本邸に自分たちでも調査するよう指示を出したのだという。

「さすがユズリハさんです！　凄《すご》く助かります！」

「そうだろうそうだろう。自分で言うのもなんだが、わたしは頼りになる相棒だからな。しかしまあ、ここで一つ問題がある」

「なんですか？」

「距離だ。領地にある本邸から、父上のいる王都を経由してローエングリン辺境伯領まで情報が伝わるには、かなりの時間が必要だからな」

「つまり伝わっていない最新情報があるかもしれないから、こちらからサクラギ公爵領の本邸まで出向こうというわけですか」

「その通りだ。理解が早くて助かる」

「むー。確かにメイドの谷から近いといえば近いですが……」

腕を組んで考えるスズハに音もなく近寄ったカナデが、耳元でそっと囁いた。

「……メイドまめちしき。サクラギ公爵領には、有名な温泉がある」

「！」

「一年中、水着でこんよく」

「こっここ混浴っ⁉」

「おはだつるつる美人の湯。ごはんもおいしい」

「兄さん！　次はぜひサクラギ公爵領に行くべきです！」

……いやまあ、異論は無いからいいんだけどね？

チョロすぎる妹の将来がちょっと心配。

＊

旅の準備も終わり、明日にでも出発しようかというタイミングで見知った顔に出会った。

「店員さん？」

「おや。これはこれは……」

行商姿でメイドの谷に現れたのは、いつぞやの店員さん。

最初に出会った時は王都のアクセサリーショップで店員をしてた初老の紳士で、だから店員さんと呼んでいる。

今はローエングリン辺境伯領で商売を営む、ツインテールマニアの商人さんだ。

「こんな場所で奇遇ですね」

「まったくですな。おかしな動きがあると聞いて、ワシ自らここまで出張《でば》ってきましたが……なるほど、得心がいきました」

「それは良かったですね？」

どうやらただの行商ではないらしい。

おかしな動きというのが何かは分からないけれど、商売上の話だろうしぼくが聞いても教えてはくれないだろう。

立ち話もなんなので、寝泊まりさせてもらっている家に案内する。

「店員さんはメイドの谷にはよく来るんですか？」

「ここ数十年ほどはご無沙汰でしたがの、若い頃にはよくこの谷に通ったものですなあ。——そうして谷にいるメイドをみんなツインテールにしたものでして、若気の至りというやつですかな」

「そ、そうですね……」

あんまり遠くに行商に来すぎて、ストレスでも溜《た》まっていたのだろうか？

ふと垣間《かいま》見《み》えた現代の闇に震えていると、メイドのカナデがスッとお茶を出した。

「うおおおおおっっ!?」

「そちゃですが」

「……こ、この人食い虎は……相変わらず老人の心臓に悪いですな……！」

「カナデは気配を消すのが得意ですから」

「それが理由ではないですがな……！」

以前と同じく、カナデを見た店員さんはまるで死神か伝説の暗殺者でも見たかのように、腰をぬかさんばかりに驚いた。

まあ驚いた理由は、カナデがツインテールだからだろうけど。

いつも思うんだけど、この店員さんツインテールが好きすぎるよね。

お茶を一口呑《の》んで落ち着きを取り戻した店員さんが、

「――さて、詳しく聞かせてもらいますぞ？」

「というと？」

「決まっております。このメイドの谷で、辺境伯殿がなにをしでかしたかです」

「いやべつに何もしてませんが？」

そう前置きして話を進める。

メイドの谷には、オリハルコンと彷徨える白髪吸血鬼《ホワイトヘアード・ヴァンパイア》の情報を求めてやってきたこと。

けれどそちらについては空振りだったこと。

滞在中、メイドたちの訓練を手伝ったこと。

「……てな感じですね」

「ううむ……谷のメイドを手懐《てなず》けるとは、さすがは辺境伯殿といったところですかな……」

しかしそれだけだと辻褄《つじつま》が……ほかには何かありませぬか？」

「いやなにも」

そう言うと、なぜか店員さんに疑いの眼差《まなざ》しで見られてしまった。失敬な。

ぼくは店員さんと違って、谷のメイドさんを全員ツインテールにしようとするみたいな奇行に走ったりはしないのですよ？

「なんでもよろしいので、思いついたことを洗いざらい教えていただけませぬか。そこにヒントが隠されているかもしれませぬ」

「そう言われても……あとはぼくが、メイドの谷の理事長になったことくらいしか……」

「それですぞ⁉」

疑問はあっさり解決したらしい。

「し、しかし、なぜそんな話に……⁉」

「ウチのメイドのカナデが言うには、なんでもぼくが谷のメイドみんなのご主人様だって認めてくれたらしいんですよ。それでみんながそう言ってくれるのなら、ぼくもカナデを通じてご縁もあるし、理事長にでもなって援助しようかなと」

「そうでしたか……この、メイドの谷の、理事長に……！」

「似合わないですよね。今でもほとんど平民なのに、理事長なんて貴族みたいな肩書き」

「とんでもない！　メイドの谷の理事長などと、辺境伯殿が世界で一番似合いますぞ――いやむしろ辺境伯殿以外は絶対に、絶対に考えられませぬ――！」

「あはは。そう言ってもらえると嬉《うれ》しいですね」

もう、口が上手《うま》いんだからこの店員さん。まさに商人の鑑《かがみ》というか。

しかもこの店員さんの上手いところは、その絶妙な言い回しなんだよね。

言葉としてはあからさまにヨイショなのに、滅茶苦茶《めちゃくちゃ》重々しい言い方で。

いまの理事長になった話も、まさにこの大陸を揺るがす一大事！――みたいに、しごく真顔でヨイショしてくれる。

これがアクセサリーショップだったら、つい余計なモノまで買っちゃいそうだ。

2

翌日、店員さんと別れてメイドの谷から出発。

谷を抜け、山を二つ越えて、サクラギ公爵家の領地へ向かう。

ぼくらの旅は順調そのものだった。

とはいえ、トラブルが皆無とは言えないわけで……

メイドの谷を出て数日後、ぼくはカナデの様子がなんだかおかしいことに気づいた。

なんだかメイドの谷を出てから、ずっと機嫌が上向きなのだ。

「うーん……？」

上機嫌なのは別に悪いことじゃないわけだし、放っておこうか迷っていると、スズハとユズリハさんが近寄ってきて。

「どうしたんです、兄さん？」

「悩み事なら些細《ささい》なことでも相談してくれていいぞ。なぜならば、わ、わたしはキミの、相棒なのだから！」

「いや大したことじゃないんですが」

隠すことでもないので相談してみる。

「カナデの様子が、メイドの谷を出てからずっと上機嫌なのが気になって」

「メイドの谷を……？　ですが兄さん、そんなのは当然じゃないでしょうか」

「どうしてさ？」

「なにしろメイドの谷のメイドたちは揃《そろ》いも揃って、ご奉仕の修行とかなんとか称して、兄さんに近づきすぎでしたから。カナデもメイドの谷にいる間、表面上は我慢していても、内心ではきっと憤怒《ふんぬ》の川を渡っていたに違いありません！」

「それはスズハの感想なのでは……？」

「まあスズハくんの言いたいことも分かるな。わたしも、わたしの相棒と一緒に鍛えたり、相棒の背中を護《まも》る訓練をしたり、相棒に今日の訓練お疲れ様って言われてねぎらわれた後手料理とマッサージで癒やされる時間が無くなって、ちょっぴり泣きそうになったものだ。とはいえ、これも夫婦生活で子供が十人生まれた場合のシミュレーションなのだと思えば自然に頬がにやけてしまったが」

「どんなシミュレーションですか……？」

ユズリハさんたら、将来どこの性豪《せいごう》と結婚するつもりなのか。謎だ。

とはいえ疑問は一つ解けた。

「なるほど。スズハとユズリハさんも、メイドの谷を出てから上機嫌な理由はそこと」

二人については分からなくもない。

二人は女騎士なのだから、周囲が全員メイドというのは気が詰まる部分もあるのだろう。

けれど。

「カナデはメイドの谷の出身だって言ってたし……」

「たしかに故郷から離れる時は、寂しくなりそうなものですが」

「今回はキミも一緒だから、ご主人様に会えなくて寂しかったわけでもないだろうしな。よく分からん」

というわけで、直接カナデに聞いてみることにした。すると。

「いい取引をした」

「取引？　誰と？」

「行商のじじい」

なるほど。あの店員さんはいつの間にか、カナデと商売をしていたようだ。

「なに買ったの？　メイドの仕事に関係するなら、ぼくが代金出すよ」

「ご主人様にはとくべつに見せる」

言ってカナデが胸の谷間に手を突っ込む。

「どうしてカナデはそんな場所に何でもしまうの⁉」

「メイドにはひみつの保管場所がたくさんある。ここはそのうちの一つ……んしょ」

カナデが取り出したのは、綺麗《きれい》な小壜《こびん》だった。中に液体が入っているのが見える。

「なにそれ？　なんだか薬みたいだけれど」

「ほれぐすり」

『──惚《ほ》れ薬⁉』

思わず叫んだら、スズハとユズリハさんとハモった。二人とも聞いていたみたいだ。

ユズリハさんが慌てた様子で、

「そ、そそそれはいわゆる例のアレか⁉　使った相手を惚れさせるとゆうその！」

「ざっつらいと」

「なんでそんな貴重なモノが……！　このわたしですら、公爵家のツテを駆使してもなお手に入らなかったのに……！」

「どうしてユズリハさんは惚れ薬を入手しようとしたんです？」

その横でスズハが真剣な顔でぶつぶつと、

「……あ、あの薬さえあれば……！　ですが兄さんの自由意志を奪うなんて、わたしには到底できません……いえその場合は不幸な事故だったということに……！」

「スズハはぼくを一体どうしようとしてるのかなあ⁉」

「うにゅー！」

「うわっ⁉　うにゅ子、勝手に小壜を開けようとしちゃいけません！」

「危険だ、その小壜は一旦わたしが預かろう！」

「ユズリハさんに持たせると悪事に手を染めそうで危険です！　ここはわたしが！」

「スズハくんのどの口が言うんだ⁉」

「……カナデのほれぐすり、渡すわけにはいかない……！」

そんなこんなで、なし崩し的に。

ぼく以外のみんなによる、惚れ薬争奪戦が勃発したのだった。

＊

惚れ薬を巡る争いは、夕方になってもまだ決着が付かなかった。

一人だけ蚊帳《かや》の外のぼくは、夕食の味噌汁《みそしる》の味見をする。ばっちり。

「みんな、もうそろそろご飯だよ。いい加減に――」

「ご主人様、パス……！」

カナデがよろけた体勢から投げた小壜は、ぼくから大きく軌道を逸《そ》れて――

「あっ⁉」

なんとかキャッチしたはいいものの、乱暴に扱われ続けた小壜の蓋がとうとう取れた。

そして飛び散った中身は、近くにいたスズハとユズリハさんに――！

「うわあっ⁉」

小壜の中の液体がぶちまけられて、思いっきり身体《からだ》に掛かってしまった二人に、ぼくは大慌てで駆け寄った。

「二人とも大丈夫⁉　なにか身体に異変は⁉」

「……いえ……？　なんともありませんね？」

「……そうだな。ただの水を掛けられたような感じだ」

「本当に⁉」

ぼくが重ねて確認するも、二人は不思議そうに首を捻《ひね》るばかりだ。

「実はカナデが騙《だま》されてて、ただの色水だったのか？」

「そんなことない。このほれぐすりは間違いなくほんもの」

「じゃあなんでわたしとスズハくんには効かないんだ？」

「そんなの簡単。ほれぐすりは、すでにほれている時にはきかない。それが常識」

なるほどそういうことか。

つまり二人に効かなかったのは、二人ともぼくにもう惚れて――

……えっ……

それってつまり、どういうことだってばよ……？

「――なるほど、そういうことですか。つまりはわたしと兄さんの兄妹愛が深いせいで、惚れ薬などという邪悪な薬が効かなかったということですね！」

「わ、わたしも！　スズハくんの兄上とは運命の赤い糸でお互いの背中を護る相棒なわけだからして、惚れ薬が効かないのも当然というわけで——！」

「ユズリハさん。顔真っ赤《まか》ですよ」

「う、うるさい！　スズハくんだって真っ赤じゃないか！　脚もじたばたしてるし！」

——そんなことがあったのだと、ずっと後に聞いたトーコさんは。

おかしそうに笑いながら「絶好の機会なんだからコクればいいのに、まったく二人ともチャンス×《バツ》だよねー！」などと口にして。

ユズリハさんに「お前が言うな！」とツッコまれたとかなんとか——

3（アヤノ視点）

正直なところ、もっとやり辛《づら》いと思っていた。

今やローエングリン辺境伯領の事務仕事を一手に引き受けている、サクラギ公爵家から派遣された官僚軍団。

優秀な人材が送られるだろうことは最初から予想できた。でなければ意味が無い。

サクラギ公爵の狙いの一つは、ローエングリン辺境伯に恩を売ることにあるのだから。

けれどだからこそ、自分は排除されるだろうなとアヤノは読んでいたのだ。

なにしろ目に見えるアヤノの後ろ盾が何も無い。

周りから見れば、前から事務をやっていただけの人に見えるはずだし、その実体たるや横領行為などはしていないものの、本質的に真っ黒である。

少なくとも、ローエングリン辺境伯が城を出てすぐに自分は良くて蚊帳の外、悪ければ偽罪をでっち上げられると踏んでいた。なのに。

「アヤノ殿、先週ご相談した孤児院の件ですが――」

「アヤノ殿、魔法の特殊音波による血栓溶解作用の増強効果に関して――」

「アヤノ殿、ウエンタス公国に送り込むスパイの選定を――」

「アヤノ殿、お時間をいただきたく――」

「アヤノ殿――!」

……いくらなんでもおかしいとアヤノは思う。

なんで自分が、ローエングリン辺境伯領の事務方トップとして認められているのか。

仕事は別に嫌いじゃないけど、予定外の仕事の多さはさすがに疲れる。

そんなアヤノが深夜溜《た》まった仕事をやっつけていると、同じく午前様常連の青年官僚が熱い緑茶を持ってきてくれた。

「こちらどうぞ、アヤノ殿」

「ありがとうございます」

お疲れ様ですと笑いかけてくるその青年官僚を、アヤノはもちろん知っている。

サクラギ公爵家が送ってきた官僚の取り纏《まと》め役で、ここに来る前は本邸で家宰の補佐をしていたのだという。

家宰とは使用人のトップであり、その補佐ならば当然サクラギ公爵家の次代家宰候補。

つまりは今をときめくサクラギ公爵家所属の、若手トップで間違いない。

そんな人間まで辺境のローエングリン辺境伯領に送ってきたのだから、サクラギ公爵の気合いの入りようも理解できるというものだ。

「お疲れ様です。あなたも大変ですね」

「いいえ、アヤノ殿に比べればとてもとても。なんと言ってもアヤノ殿は、ほかの連中の百人分は仕事をしてますからね」

「それは大げさですけどね……これでもまだマシになったんですよ、辺境伯と二人だけでやっていた頃は酷《ひど》かったんですから。辺境伯が存外優秀で助かりましたが」

「ほう。わたしと比べてどちらが仕事が早かったですか？」

「あなたは事務仕事が専門でしょう。辺境伯の方が早かったら大問題です」

そんな軽口を叩《たた》けるくらいにサクラギ公爵家の官僚と話せるようになっている現状が、アヤノとしては不思議だった。まあコイツの話しやすさもあるか。

そうだ、コイツなら聞いても怒らないだろう――なんてふと思って。

「一つ聞いても良いですか？」

「なんでもどうぞ」

「なぜあなたたちは、わたしを排除しようとしないのでしょう」

すると青年官僚が不思議そうな顔をした。

「アヤノ殿は排除されたいのですか？」

「そういうわけではありませんが、普通はそうします。あなたなら分かるでしょう？」

「そう言われると弱いですね。では、キチンとお答えしましょう」

青年官僚が緑茶をずずっと啜《すす》って、

「理由は二つ。一つ目に、仕事のできる人間を排除するのはパーの所業です」

「そうですね。残念ながらよくあることですが」

「ですね。そしてもう一つの理由ですが――アヤノ殿が、ローエングリン辺境伯の選んだ人間だからですよ」

アヤノが目をぱちくりさせる。なんだって？

「……仰《おっしゃ》る意味がよく分かりません。わたしが相応《ふさわ》しくない人間だったと、いくらでも理由を捏造《ねつぞう》できると思われますが」

「アヤノ殿。失礼ながら、貴君はまるで分かっていない」

青年官僚が大げさに首を横に振って否定する。

「恐らくアヤノ殿は、ローエングリン辺境伯領をサクラギ公爵家が実質支配するために、自分が目の上のたんこぶになるから追放するはず、などと思っているのでしょうが――」

「いや普通そう思いますよね？」

「アヤノ殿は、辺境伯のことをまるで分かっていない」

「はい……？」

「いいですか？　当代のローエングリン辺境伯は、クーデターで囚《とら》われの身となっていたトーコ女王を命がけで救った救国の英雄です。そしてオーガの異常繁殖をただ一人察知し、サクラギ公爵家のお嬢様と命がけで殲滅《せんめつ》し、この大陸を救った英雄でもあります」

「………」

「もしローエングリン辺境伯がいなかったら、まず間違いなくドロッセルマイエル王国はウエンタス公国との戦争に負けて崩壊した上、しかもその数年後、大樹海のオーガどもに大陸中の人間は皆殺しにされたことでしょうね。そういうわけで辺境伯は何重の意味でも、我々にとって命の恩人ということです」

「そう、ですね……」

「そして命の恩人が選んだということは、それだけで、選ばれた人間を最大限に尊重する理由となるのは当然でしょう。その方に問題が無いならばなおさら」

「なるほど……？」

言われてみれば、筋の通った話だとアヤノも思う。

ただ、辺境伯本人を見慣れている身としては。

救国の英雄だと言われても、どうにもピンとこないというだけで。

「つまり辺境伯の御威光がなければ、わたしは排除されていたと」

「少なくとも女王派閥のスパイという疑いは晴れなかったでしょうね。そしてその場合にどうなるかは、ご想像の通りかと」

「まあ、本人は気にしなそうですけどね」

「おや。辺境伯はそういうタイプですか」

「ですね。仕事してくれればスパイでも大歓迎なんて、真顔で言いかねないタイプです」

「いやあ懐《ふところ》が深い。まさに漢《おとこ》の中の漢ですなあ」

「……そ、そうですね……？」

見た目は武官より完全に文官だけど、なんて思いながら。

「そろそろ仕事に戻りましょうか」

「ですね。四徹は回避したいところです」


これから数年後、この青年官僚はとある公国の女大公に一目惚《ひとめぼ》れしてその場で求婚し、盛大に振られることになるのだが。

それはまた別の話。

4

野を越え山を越え、やって来ました公爵領。

サクラギ公爵領は肥沃《ひよく》な土壌《どじょう》に恵まれて農作物の質と量ともに国内随一を誇るというサクラギ大平原を有し、その上で銀山やマグロ漁港なども有する、まさしくチート領地。

ウチのような辺境領地とはわけが違う。

こういうのって、市場で買い物してると自然と身につく知識なんだよね。

なにしろ美味《おい》しそうな食べ物が、みんなサクラギ公爵領産なのだから。

そのあたりを分かっていないスズハに、サクラギ公爵領の凄《すご》さについて語っていると、なぜかユズリハさんにジト目で見られて。

「……いや、キミの言うことは全部正しいのだが……世界で唯一のオリハルコンの鉱脈を保有するキミにベタ褒めされるのもな……」

「？　オリハルコンは食べられませんよ？」

「当たり前だ。それに食べ物なら、この前併合したキャランドゥー領があるじゃないか。あそこなら農作物も海産物も豊富だ」

「あー、そうですねえ……でもあそこの領地はもともと他国だったわけですし、いずれはウエンタス公国に返還したいと思ってるんですが」

「キミはそんなことを考えてたのか……俗欲に塗《まみ》れていないことは個人としては美徳だが、貴族としては欠点たり得るぞ？　それにそんなことは不可能だろう」

「どうしてですか？」

「キミが統治してくれる安心、公平、安全を知ってしまったら領民が納得するはずもない。泣き叫びながらキミの統治続行を熱望するだろう」

「ははは、そんなバカな」

「だといいんだがな……」

＊

お喋《しゃべ》りをしているユズリハさんになぜか時たま遠い目をされたりしながら、本日の宿へ。

そう。山を越えて街道沿いに出たので、ここからサクラギ公爵本邸までは宿があるのだ。メイドの谷を出てからずっと野宿だったけど、それももう終わり。ひゃっほう。

そして、この地方において。

殺戮の戦女神《キリング・ゴッデス》ことサクラギ公爵家直系長姫たるユズリハさんの御威光は、最大の威力を発揮することになる。

たとえば、宿屋に入ったとき。

「ごめん、本日の宿を頼みたい」

「はいただいま——うっうわあああぁぁ⁉（ドンガラガッシャーン）」

「だ、大丈夫か⁉　階段から転げ落ちたようだが⁉」

「だっだだだだ大丈夫でございまするっ！　そっ、それより貴方様は、ひょっとしてあの戦女神、サクラギ地方の守護権現《ごんげん》にして生ける武神、ユズリハ大明神殿なのでは——⁉」

「わたしをやたら盛りすぎた渾名《あだな》で呼ぶな⁉　おい、そんなことより本当に大丈夫か？　って肘が曲がってはいけない方向に曲がっているぞ⁉」

……まあ一事が万事、こんな調子だったのだ。

街の門番も、だんご屋の亭主も、宿屋の主人も、ユズリハさんの姿を見た途端、まるで女神が降臨したかのような反応をして。

おかげでようやく宿の部屋に入った時には、みんな疲れ切っていたのだった。

「……みんな申し訳ない。わたしのせいで」

「いえいえ、ユズリハさんのせいじゃないですよ」

「兄さんの言うとおりです。それにしてもユズリハさん、凄い人気ぶりですね」

「まあ、この街は国境に近いからな」

それからユズリハさんが話したところによると。

この街は今でこそ平和だが、以前はローエングリン辺境伯領のように、他国との戦争の最前線にほど近く。

その最前線でユズリハさんは、数年間も女騎士として戦っていたのだという。

そして絶体絶命の危機を獅子奮迅《ししふんじん》の活躍で、何度も救いまくった結果。

ユズリハさんはこの地で、守護女神のような存在となった——そういうことらしい。

「でもまあ、今となっては彼らの気持ちも分かるんだ」

ユズリハさんが、苦笑して話を続ける。

「あの長い戦争で、わたしは数百人か――ひょっとしたら数千人、自軍の兵士を救った。それにわたしが戦闘で敵軍を粉砕することで助かった兵士を加えたら、助けた兵士の数はゆうに数万人はくだらないだろうな。みんな凄く感謝してくれたよ」

「ああ。兵士の家族も合わせれば、十万人は軽く超えるでしょうね」

「でも当時のわたしは、そんなのは同じ軍の兵士として当然だと思ってた。だから不思議だった。どうしてみんな、わたしにこれほど感謝するんだろうって」

そこでユズリハさんが、なぜかぼくの方を見て。

「自分がその立場になって、やっと分かったよ」

「そうなんですか？」

「ああ。スズハくんの兄上も、一度本気で命を救われてみれば分かる。本能なんだよ――気がついたら命の恩人のことを見て、暇さえあればどうすれば恩返しできるかばかり考え、命の恩人がどんなタイプの異性が好きなのかが気になって――ある日それが、恩返しとは名ばかりの、もっと一般的で普遍的な感情だと気がつくんだ」

「それは――」

「秘密だ」

そう言って、ウインクしたユズリハさんが、

「なにしろわたしはキミの背中を護《まも》り続けて、いつの日かキミの命を救う予定だからな。その時になって、ああこういうことかと思い知るがいいさ」

「…………」

「いいか、キミはわたしの命を幾度となく救いまくったんだ。だから覚えておくといい。わたしは、キミに命を救われたことを、生涯忘れるなんてあり得ないってことを……」

結局ぼくは、その感情がなんなのか教えてもらうことができなかったけれど。

ぼくに「覚えておくといい」と言ったユズリハさんは、まるで陽だまりのように優しい微笑を浮かべていて。

だからきっと、とても素敵なことなのだと思った。

5

サクラギ公爵領に入ってからというもの。

各地の街でことごとく、ユズリハさんが嵐のような歓迎を受けて。

いい加減うんざりしてきた頃、ようやくサクラギ公爵領の領都まで来た。

そして街の中心に建つ巨大な宮殿こそ、サクラギ公爵本邸である。

ユズリハさんが帰るという情報は、とっくに知られていたようで。

ぼくたちが本邸に着いた時間にはもうすでに正門は開かれていて、公爵家の家宰さんがうやうやしく最敬礼していた。

しかも門から奥の方へ続く道の左右には使用人たちがずらりと並んで、こちらも揃《そろ》って深々と頭を下げているのだ。

ちなみに家宰というのは屋敷《やしき》の執事やメイドを束ねる、使用人の頂点を指すのだという。

ユズリハさんに聞いた。

「ユズリハお嬢様、ようこそお帰りなさいました」

「おいセバスチャン、スズハくんの兄上の前だぞ。もう『お嬢様』は止《や》めてくれ」

「失礼いたしました。お客様もようこそおいでなさいました」

そう語りかけてきた家宰さんは、オールバックの白髪とチョビ髭《ひげ》が大変似合う、まさにダンディそのものの白髪紳士で。

これが歴史ある公爵家の家宰かあ……なんて感心したのだった。

いや間違いなく、普通の貴族よりも貫禄《かんろく》あるよ。絶対。

＊

案内された応接間は、公爵家本邸というイメージよりは大分こぢんまりしたものだった。

ちなみにローエングリン城の応接間なんかはいかにも豪奢《ごうしゃ》で広々としていて、数百人の賓客でもどんとこいみたいな感じである。装飾品も先代辺境伯のころから替えていなくて、ぼくなんかはちょっとギラギラしすぎじゃないかと思うこともあるけれど。

一方で公爵家本邸の応接間は、広さ的にはそれほどでもない。

調度品なんかも目立たずシンプル、でもよく観察してみると上質な素材や繊細な細工が施されているといった感じで、嫌味が無くて好感が持てる。

なんというかね、部屋全体が暖かくお客を迎えようとしている、そんな心遣いが伝わるとても良い部屋だと思うのだ。

「どうだキミ、この部屋は気に入ったか？」

「はい。とっても」

ローエングリン城とは随分違うといった感想を話すと、

「先代のローエングリン辺境伯は悪趣味な男だったからな。落ち着いたら、城の美術品も入れ替えるといい――しかしキミはやはり見る目があるな」

「はい?」

「この応接間はな、特別に親しい客を迎えた時にしか使わないんだ」

「……へ?」

「キミの言うとおり、ここは公爵家の本邸だ。それこそ千人がパーティーできる大広間も、王族が長期間滞在できる貴賓室も、要人を招いた時に使う会議室だって完備してる」

「はあ」

「それら全ての部屋の中で、この部屋は飛び抜けてこぢんまりとして、飛び抜けて調度がシンプルで、その代わり飛び抜けて質が高いんだ――見た目の豪華さに惑わされるような愚か者は、決して招き入れられることは無いから」

「えっ」

「使う頻度だって極端に少ないんだ。なにせこの応接間に招き入れるのは、我が公爵家が家族同然に親しい――もしくは絶対に親しくなりたいと熱望する相手だけなのだからな。王族ですら、トーコの前に招き入れたのは先々代の国王まで遡るはずだ」

「……えっと、そんな部屋に、ぼくなんかが入っていいんですか?」

「当たり前だ。この部屋に貴族を招き入れることは、サクラギ公爵家がその者を全面的に支持すると表明したも同然だが、そもそもキミを後見することはとっくに喧伝《けんでん》している。それに忘れているかもしれないが、キミはわたしの命の恩人だぞ？　その相手に対して、最上級のもてなしをできない貴族など犬畜生にも劣るな」

「そんなこと気にしなくていいですよ⁉」

「キミはそう言うだろうが、こちらの気持ちの問題だ。諦めてもてなされてくれ」

そう言われてしまえば返す言葉もない。

「……ではすみません、お言葉に甘えさせてもらいます」

「うむ。そうするといい」

ぼくがお礼を言うと、ユズリハさんが嬉《うれ》しそうに顔をほころばせて頷《うなず》いた。

やっぱりユズリハさんは男前だな、なんて思っていると。

「うにゅ！」

「どうしたの、うにゅ子？」

「うにゅ！　うにゅ！」

後ろに控えるメイドのカナデの頭上に乗っかっているうにゅ子が、身振り手振りで何か伝えようとしてくる——んだけどよく分からない。

「それは重要。かくにんの必要がある」

カナデがうにゅ子の言葉に返答した。内容が理解できているらしい。

「カナデ、なんて言ってるの？」

「うにゅ子はこう言っている。つまり——夕食は期待していいかと」

「そこ⁉」

「とても重要なこと。カナデもきになる」

「兄さん。わたしも気になります」

「……えっと。本当にすみません、ユズリハさん」

「はは、いいんだ。言っただろう？　この部屋に通されている以上、遠慮なんて不要だ。

それにウチの使用人は優秀だからな、きっとご馳走《ちそう》を用意しているさ」

「うにゅー！」

「兄さん、わたし海鮮系が希望です」

「カナデも。ずっと山を歩いてきたから、おいしい海の魚がよき」

「……ユズリハさん、本当にすみません。ローエングリン辺境伯領に帰ったら、二人には
きっちり言い聞かせておきますので……！」

「そ、そうか……？　わたしは全く気にしないが、まあ手加減してやってくれ……」

帰ったら一ヶ月、二人ともコンニャク祭り。

そう心に決めたぼくだった。

――ちなみにその日の夕食はぼくらの予想を裏切って。

そして、期待を遥《はる》かに超えたものだった。

「旦那様より、辺境伯のお食事の好みは伺っておりますので」

そう言って家宰さんが案内してくれた、数百人が一度に会食できる大ホール。

そこにあるテーブルの上に、隙間なく並んでいるのは――中身が詰まった寿司桶《すしおけ》で。

前にいた家宰さんがぼくらの方へ振り返ると、食堂にいたメイドさんたちがその後ろに綺麗《きれい》に並んで。

「――鮨《すし》ざんまいでございます」

家宰さんがぱん、と手を打って広げると同時に、一斉に揃ってカーテシーを披露した。

『…………!!』

スズハたちが、声にならない喜びで打ち震えているのを横目で見ながら。

公爵家というのは使用人も含めて本当に凄《すご》いなあ、なんて改めて思ったのだった。

6

当然のことながら、ぼく以外のスズハとカナデとうにゅ子は死ぬほど食べた。

いや本当に、もはや人間の限界に挑戦したんじゃないかってくらいの食べっぷりだった。

それこそ体力の限界、真っ白な灰になるまで食べた。

というわけで、三人は公爵家の使用人さんたちによって寝室に運ばれている。今ごろは膨れたお腹《なか》を出して寝ていることだろう。

……いやぼくだって、もちろん一緒に限界まで食べたかったけれど。

今回も、目の前のユズリハさんを無視して鮨を食べまくるわけにいかなかったぼくは、涙を呑《の》んで食べる量をセーブしたのだった。

そして約三名が暴れ食いをしたせいで、テーブルにびっしり並んでいた寿司桶の中身もほどよい頃合いで全部カラになってしまい。

食後のお茶でもどうだろう、という極めて貴族っぽいお誘いをユズリハさんから受けて、ぼくとユズリハさんはコーヒールームに場所を移したのだった。

ちなみにコーヒールームはその名の通りコーヒーを嗜《たしな》むための専用部屋のことであり、

そんなものまである公爵邸はいったい全部でどれだけ部屋があるのだろうかと震撼《しんかん》する。

なおこの横はビリヤードルームらしい。もうね、どんだけかと。

「どの部屋にしようか迷ったんだが」

ユズリハさんが手ずからコーヒーを淹《い》れながら、

「一般的に鮨の後には熱い緑茶が似合うけれど、たまには違う雰囲気で話すのもいいかと思ったんだ。なにしろローエングリン城で、キミには毎日熱いお茶を淹れてもらったから。女のわたしがキミより淹れるのが下手では格好が付かないだろう？」

「そんなことありませんよ」

「まあそんなわけで、我が邸自慢のコーヒールームに招待したというわけさ。この部屋もさっきの応接間ほどじゃあないが、よほど重要な客人でなければ立ち入らせないんだぞ？なにしろ初代サクラギ公爵が一番のお気に入りだった部屋を、莫大《ばくだい》な金を掛けて無理矢理移築してるんだからな」

「そうなんですね」

初代サクラギ公爵がどれくらい前の人かは知らないけれど、ユズリハさんの口ぶりだときっとこの部屋は文化財級の芸術品に違いない。

せっかくだからよく見ておこう。

「さて、やっと二人きりになれたな」

「本当にすみません、ホントあの三人にはきつく言っておきますから、せめて厳罰だけは勘弁してやっていただけませんか——！」

「いやいや、なにを流れるように土下座してるんだキミは⁉　頭を上げてくれ！」

「先ほどの件も含めて、一度きっちり謝罪しておこうかと」

「まったく。さっきも言ったろう、わたしは一つも気にしていないって。あんな鮨なんかいくら食べられたって我が公爵家の懐《ふところ》はまったく痛まないんだからな。それにわたしは嬉しかったんだぞ？」

「嬉しかった、ですか？」

「そうだぞ。スズハくんたちがダウンしてしまえば、わたしがキミを独り占めできる——ではなく、たまには差し向かいでキミと語り合いたいからな」

それからぼくたちは、色々な話をした。

王家やトーコさんのこと、ローエングリン辺境伯領のこと、ユズリハさんの父親であるサクラギ公爵のこと。

そのうち話題は、今いるサクラギ公爵本邸のことに移って。

「——でも、このお屋敷《やしき》は本当に素敵ですよね」

「そう思うか？」

「もちろん建物も食事も最高ですけど、なにより働いている方が本当にいい人ばかりで。みなさん笑顔が素敵で、仕事も素早く正確で、スズハが食べ過ぎで倒れたりしても完璧にフォローしてくれましたし」

「ふふ、ありがとう。他ならぬキミに使用人を褒められると、なんだかこそばゆくなるな。家宰のセバスチャンを筆頭に、我が公爵家の自慢なんだ」

「家宰ですか」

「家宰は大事だぞ？　なんといっても使用人の要であり纏《まと》め役だからな」

「ううん……ウチでも雇った方がいいですかね？」

「難しいところだな。家宰は大事だからこそ、下手な人間を雇うとロクなことにならない。家宰は当主に代わって領地経営をする場合もあるが、そうした結果家宰が長年にわたって不正蓄財をしたなんて話は日常茶飯事。家宰の統治が拙くて反乱が起きたり、酷《ひど》いのだと領地ごと敵国に寝返られたなんて話もある」

「うわあ……」

「そこまで行かなくても、家宰は他の使用人の採用や教育もするからな。家宰が優秀なら使用人も優秀だし、逆もまたしかりだ」

「つまりサクラギ公爵家の家宰のセバスチャンさんは、凄く優秀ということですね」

そう褒めると、なぜかユズリハさんがなんともいえない苦い顔になった。

なんというか、事実だけど素直に認めたくないというような。

「えっと、ユズリハさん……？」

「ああすまない。──セバスチャンは確かに滅茶苦茶《めちゃくちゃ》優秀なうえに仕事も熱心なんだが、どうにもならない悪癖があってな」

「悪癖？」

「仕事を他人に振りまくるんだ。それも部下だけじゃないぞ、使えるものなら当主以外はなんでも使う。実際、八年前に当時十歳だったわたしを軍隊に放り込んだのはあいつだ。このままでは戦争に負けるとかなんとか言ってな」

「マジですか……」

「結果わたしはなんとか生き延びて、この国は今なお続いている。つまりセバスチャンはある意味救国の英雄だ。キミの場合と違って、腹立たしいことこの上ないが」

「ふええ……」

「キミも気をつけてくれ。セバスチャンは父上以外は、本当にこき使うんだ。もしキミが仕事を頼まれても、全力で突っぱねていいんだからな？　──ほら、おいでなすった」

ユズリハさんが呟《つぶや》いた直後、控えめなノックの音が部屋に響いた。

「ご歓談中に失礼いたします」

「セバスチャン、何の用事だ？」

「辺境伯に、お連れ様の様子のご報告を」

そう言って入ってきた家宰さんから、スズハたちがぐっすりおねむだと教えてもらった。

このまま朝まで寝かせるつもりだとか。

「すみません、ご迷惑をおかけして」

「いえいえ、とんでもございません。用意させていただいたわたくしどもも、嬉《うれ》しくなる食べっぷりで思わず笑顔になってしまいました」

「そう言っていただけて助かります」

「ところで、辺境伯が大変お強いという噂《うわさ》はかねがね——」

「おい、スズハくんの兄上はわたしの大切な客人だ。こき使おうなどと許さんぞ？」

「とんでもありません。ですがお嬢様がお帰りになるのが突然だったもので、情報収集に出した者が帰ってくるまでにまだ少々時間が掛かるのです。その間、辺境伯には暇つぶしとして、多少の運動などしていただこうかと」

「あ、はい」

ぼくの返事に頷《うなず》いて、家宰さんがコーヒーテーブルの上に地図を広げる。

「こちらがサクラギ公爵領の領内図。点を打ってあるところが現在、盗賊や魔獣の対処が必要な地点になります」

なるほど。

つまりぼくに、盗賊や魔獣を退治して来てくれということだね。

「ちょっと待てセバスチャン！　情報が集まるまでの時間、スズハくんの兄上はわたしと混浴温泉に行ってキャッキャウフフする予定がっ……!?」

「そちらは終わってから行ってください。——お嬢様がどこぞの将来性抜群辺境伯の元へ押し掛けてさっぱり里帰りされないせいで、お嬢様に討伐していただく予定だった盗賊や魔獣どもが溜《た》まりまくっているのでございます」

「ううっ。それを言われると弱い……」

「討伐が必要な地点は、全部で八十八箇所ございます」

「規模はどんな感じですか？」

「盗賊は数十人から多くても百人程度。魔獣のほうは単体ですがコカトリスやフェンリル、クラーケンなどが報告されております」

魔獣はみんなぼくの知っている種類だった。

コカトリスとは巨大なニワトリのような魔獣で、フェンリルは巨大なオオカミのこと、クラーケンとはつまり巨大なイカである。

みんなそれなりに強いけど、オーガのように群れたりしないので討伐は大変じゃない。あとどれも大変美味《おい》しい。

ずっと昔に食べたきりだけど、クラーケンのイカ刺しとか最高だったなあ……じゅるり。

「いかがでしょうか？　できましたらローエングリン辺境伯、この中から二、三箇所ほど、討伐していただけますと大変助かり――」

「全部やります！」

「「ファッ⁉」」

なぜかユズリハさんと家宰さんがびっくりしている。

でもここで引いたらいけない。

ぼくは美味しい魔獣を食べたい――そんな欲望なんて無いかのように、あくまで善意で討伐を申し出るのだから！

討伐した後のお肉は、もったいないからぼくたち《スタッフ》が美味しくいただくけれども！

魔獣のお肉は貯蔵が難しいし、その場で食べるのが一番だから、し、仕方ないよね！

ぼくの漢気溢《おとこぎあふ》れる申し出に気圧《けお》されたのか、家宰さんが慌てた様子で、

「で、ですが、相手はコカトリスやフェンリルですぞ……？」

「分かってます。みんな凄《すご》く美味しい――じゃなくて、対処法を間違えれば命さえ危険な強敵です。でもだからこそ、ここはぼくが退治しないと！」

「そ、そう……ですか……？　しかし、無理をされる必要は……？」

「いいえ！　ユズリハさんにはずっとお世話になりっぱなしですからね、ここで公爵家のみなさんに恩返しをしておかないと！」

「そ、それでは……よろしくお願いします……？」

というわけで。

目を白黒させる家宰さんから、まんまと全地点の討伐依頼をゲットしたのだった。

いやあ、人助けって本当にいいものですね。

7（ユズリハ視点）

サクラギ公爵家本邸にも、当然のようにユズリハの寝室はある。なにしろ部屋が余っていて、使わなくなった部屋を片付ける必要がないのだ。

その夜、何年かぶりに自分の寝室へと入ったユズリハが、記憶にある寝室となにひとつ変わっていないことに目を細めていると。

「──ユズリハお嬢様。少々お時間よろしいでしょうか？」

「入れ。どうせ来ると思っていた、まだ着替えていない」

「失礼いたします」

入ってきたのは家宰のセバスチャンだった。

「どうした……なんて聞くまでもないか」

「ご明察の通り、辺境伯のことでございます」

「いいだろう。わたしはスズハくんの兄上の相棒だからな、いくらでも語り尽くしてやる。長い夜になるぞ」

「いえ、お嬢様の妄言はどうでもよろしいのですが」

「お前は本当に変わらないな……」

「今さらお嬢様に忖度《そんたく》しても仕方ありますまい」

それはそうだ、とユズリハは思う。

相談料のつもりであろう、家宰のセバスチャンが持ってきたワインをグラスに注がせて一口舐《な》めると。

「しかしまあ、わたしの相棒は本当にたいした漢だな。今までの人生で、セバスチャンがとんでもない大ポカをしたところを初めて見たぞ」

「と申しますと？」

「まだ分からないのか？　スズハくんの兄上に、あんな簡単すぎる討伐を依頼したこと。それこそが取り返しの付かないミスなんだ」

「……どういうことですかな……？」

　家宰のセバスチャンが分からないのも当然だろう。なにしろ。

「なあセバスチャン。コカトリスでもフェンリルでもクラーケンでもいいんだが、お前が魔獣の拠点一つあたりに準備する兵力は？」

「お嬢様を団長として、精鋭百を二週間。そんなところでしょうな」

「では逆に、わたしがいないと仮定したら？」

「お手上げですな。お嬢様のような次元の違う圧倒的戦闘力の持ち主がいないのならば、そもそも魔獣などと戦うべきではありませぬ」

「では最後に、スズハくんの兄上が一人で向かったら？」

「今までに集めた情報を総合しますと——魔獣を一体、準備期間など含めて一週間ほどで斃《たお》せるのではないかと」

「さて、そこが大間違いだ」

ユズリハが、目の前に指を三本突き立てる。

「三週間ですかな？」

「いいや。三分だ」

「――――!?」

「もっともコカトリスもフェンリルも、スズハくんの兄上が本気でやれば三分もかからず消し飛ぶだろうが、実際には十分くらい生きているんじゃないか？　スズハくんの兄上のことだ、魔獣を最大限美味しくいただくためにできるだけ傷つけず倒すだろうからな」

「それはつまり、魔獣相手に手加減をしてのけると……？」

「結果的にはその通りだが、本人としては違う。むしろ狩猟と同じ感覚だな」

「……あのお方は、それほどまでに……強いのだと……？」

ユズリハが分析するに、スズハの兄の戦闘力は過小評価されるきらいが強い。

それには様々な原因がある。

本人が平民出身であること。見た目がごく普通の青年であること。

本人の性格的に自分の活躍を喧伝《けんでん》せず、時には無かったことにさえしようとすること。

殺戮の戦女神《キリング・ゴッデス》と渾名《あだな》される自分が、いつも近くにいること。

そして何より。

スズハの兄の残した数々の伝説が、あまりにも凄《すさ》まじすぎること——

「一度でも目の前でガチの戦闘を見れば、嫌でも思い知らされるんだが。そうでないと、わたしや近くにいたアマゾネスなんかが助けていると思われるらしい。んなわけあるか。スズハくんの兄上の伝説は、全部あの男が一人で作り上げたものだ」

「そうでしたか……」

「セバスチャンもそう無意識に考えて、スズハくんの兄上の戦力を計算したのだろう? だがまだマシだ。阿呆《あほう》になると今でも、わたしの方が強いなんて勘違いするヤツもいる。それに比べればだが」

「……己の不明を恥じるばかりですな……」

本気でへこむセバスチャンという、世にもレアな姿を見て満足したユズリハが続けて、

「もう一つは盗賊団か。こちらはもっと簡単だ」

「なぜでしょうか?」

「スズハくんの兄上に、知名度がまるで無いからな」

なにしろスズハの兄は、大陸貴族界において名前こそ轟《とどろ》いているが顔のほうはまだまだ。

それが庶民になると、名前すらほぼ知られていない。

そして盗賊団を討伐する場合に一番厄介なのが、やつらがこちらの戦力を見て隠れたり

逃げたり籠城《ろうじょう》したりすることである。

盗賊団が小さかったり大きかったりすればまだマシで、最悪なのはずる賢いリーダーの指揮下にある数十人規模の盗賊団。

この規模だと要所に見張りも立てられるし、陽動作戦を実行するだけの人数もいるし、アジトに籠城しても十分な食料が確保できるし、いざとなればアジトを捨てて裏の方から逃げるのも容易だしで、とにかく殲滅《せんめつ》するのが難しいのだ。

殲滅しようと公爵軍を送れば、大軍を見てとっとと逃げ出し。

ならばとユズリハを送り込んでも、一瞬で顔バレして即座に逃げ出し。

「――だがスズハくんの兄上なら、見た目はただのとっぽい兄ちゃんだからな」

「しかもその横にスズハ殿がいたら――」

「あれほどの美貌とスタイルだ。貴族に売り飛ばせば、安くても盗賊団全員が一生遊んで暮らせる金か、上手くすれば小国すら買える金が入る。だから攫《さら》おうとするに決まってる。ついでにロリ巨乳美少女メイドもいれば倍率ドンだ」

「さらに倍ですからな……ですが辺境伯がいる限り、決して攫うことなどできないと」

「まあスズハくん一人でも到底不可能だが」

「つまりどんな盗賊団も、自分からのこのこ出てきてジ・エンドと……」

「そういうことだ」

頷《うなず》いてグラスのワインを一口飲んだ。

喉を湿らせたユズリハは、まだまだ語る気まんまんだった。

＊

そして四時間後。

とっくに日付が変わって、いかに自分がスズハの兄の背中を護《まも》りぬくべき唯一の存在かということを延々と語り続けていたユズリハが、ふと時計を見て手を打った。

「もうこんな時間か。話を戻すぞ」

「そ、そうですか……どこまで戻るのですかな……？」

「セバスチャンのやらかした失敗は、魔獣退治なんていうお手軽な仕事で、スズハくんの兄上に労働させるカードを使ったことだ。——わたしの相棒に仕事をさせるなら、もっと緊急かつ誰にも対処できないような、それでいて放っておけば破滅するような事態に対処させるのが一番だな。スズハくんの兄上以外でできるような仕事をさせるには、あの男の能力はもったいなさ過ぎる」

「そんな非常事態がポンポン起きても困るのですがな……？」

「それにしたって、魔獣退治なんて明確な被害が出ていなければ暇なときにすればいい。だからセバスチャンだって今まで放置していたんだろう。そしてそういうときのために、我々はせっせとスズハくんの兄上に貸しを作り続けるべきなんだ」

　ユズリハが神妙な顔の家宰に向かって指示を出す。

「というわけで、サクラギ公爵家の直系長姫として命じる。——そうだな、スズハくんにドレスでも送っておけ」

「と申しますと……？」

「セバスチャンが八十八箇所も討伐を頼んだから、スズハくんの兄上にまた大きな借りを作ってしまったからな。少しでも公爵家の誠意を見せておけ。それにスズハくんの兄上に贈り物をしようとしても、食べ物以外は基本的に迷惑がられる」

「なるほど、そういうことですか」

「スズハくんも最近また胸が大きくなって、着るものに困っているとこぼしていたからな。きっと喜んでくれるはずだ」

「はて……ですが今のローエングリン辺境伯家なら、ドレスなど何百枚でも簡単に買える財力があるのでは……？」

ユズリハが分かってないなと肩をすくめて、

「自分で選んだドレスと他人に贈られるドレスとでは、大きな違いがあるということだ。少なくともスズハくんにとっては」

「ほう？」

「本当は兄上に披露したいが、自分では恥ずかしくて選べないようなえっちなドレスでも、公爵家から贈られたとなれば言い訳が立つだろう？」

「なるほど……それは道理ですな」

「いいかセバスチャン、言っておくが間違ってもお前の名前など出すなよ？　あくまでも公爵家御用達《ごようたし》の女性デザイナーが偶然えっちなドレスを選んだ、そういう名目で贈るんだ。サクラギ公爵家の男がスズハくんに色目を使おうとしていると思われたら最悪だからな。逆効果もいいところだ」

「その点は承知しております」

「もっともその場合は、そもそもスズハくんが受け取らないだろうが——」

それからもユズリハによる、スズハの兄の解説やら対応のコツやら伝説の目撃自慢やら今後の抱負やら入り交じった長広舌が続いて。

ようやく終わった頃には、空が明るくなっていた。

8

翌日、ぼくたちはさっそく魔獣討伐にでかけた。

というのも、このままいると毎日がお鮨《すし》パレードや、そうでなくてもマグロ大感謝祭、肉の極み選手権みたいに、凄《すご》い食べ物が怒濤《どとう》のごとく押し寄せてくる危険性を感じたのだ。

そんなことになったら、ぼくたちは二度とサクラギ公爵本邸から出られない身体《からだ》になる。

公爵家の財力を舐《な》めてはいけない。

そしてもう一つの理由は、魔獣が誰かに討伐される前に討伐しようという目論見《もくろみ》。

これもまた、美味《おい》しい魔獣を世間様が放っておくはずないと考えれば当然である。

というわけでぼくたちは、ダッシュで魔物たちを倒しに行く計画を立てたのだった。

もちろんスズハたち三人もやる気十分だ。

「行きましょう兄さん！　公爵領の平和のために！　……じゅるり」

「ご主人様の手料理、魔獣食材ばーじょん！　……じゅるり」

「うにゅー！（じゅるり）」

——ちなみに、ユズリハさんも一緒に来ようとしていたけれど、家宰さんにあっさりと却下されていた。

「お嬢様はダメです」

「なぜだッ⁉」

「よく考えたら最初にお嬢様がいろいろと教えてくだされば、問題は防げたはずですので。というわけでお嬢様には穴を埋めるべく、邸内の溜《た》まった仕事を手伝っていただきます。温泉に行きたかったら、情報が揃《そろ》うまでしっかり働いていただきたいですな」

「しまった、そこに気づかれたか⁉」

なんて、家宰さんとよく分からない言い合いをしていた。仲が良さそうだなあ。

公爵令嬢を魔獣討伐に駆り出すのも、考えてみればおかしな話だしね。

＊

最初の討伐地点は公爵本邸にほど近い岩山だった。

地図の場所を目がけて断崖絶壁の岩肌を駆け上がると、その上にちゃんとコカトリスが。

地図が正確でとても助かる。

岩の陰から見ていると、コカトリスは一体。こちらには気づいていない。

コカトリスの外見は言うなれば、巨大でブサイクなニワトリといった感じ。

「兄さん、わたしが狩ってもいいでしょうか？」

「うーん。でもコカトリスはピリピリするしなあ」

「……ご主人様……それは石化毒じゃ……？」

カナデのツッコミで初めて知った。

コカトリスと目を合わせると、なんでも身体が石化するらしい。それに吐く息も猛毒で石化作用があるのだとか。

だからコカトリスを狩った時に、ピリピリすると思ったのか。

「なるほど、さすがは兄さんです。強靱《きょうじん》な肉体と魔力があれば、コカトリスの石化など恐るるに足らずということですね！」

「……コカトリスの毒は、そんなちゃちなものじゃない……はず……？」

「まあそういうことなら、念のため目線と毒は気をつけようか。今回はぼくがやるから、スズハは良く見て次からやるといいよ」

「はい！」

というわけでコカトリスを狩る。

とはいえ所詮はニワトリの仲間。どうということはない。

できるだけ素早く近づいて、手刀で首を落としてはい終わり。

「終わったよ、みんな」

「す、凄いです兄さん！　手刀がまったく見えませんでした！」

「……手刀のはずなのに、斬り口がまるで細胞を押しつぶさない圧倒的滑らかさ……！　カナデのナイフでもこんなの絶対むり……！　圧倒的敗北……！」

「カナデの視点は随分マニアックだね」

「うにゅー！」

「うにゅ子も褒めてくれるの？　ありがとう」

というわけで、コカトリスはさっそく捌《さば》いて焼き鳥にした。

滅茶苦茶《めちゃくちゃ》美味しかった。

あと、カナデがコカトリスの毒が欲しいと言ったので渡しておいた。

殺虫剤にでも使うのだろう。さすがはデキるメイドさんだ。

＊

次の地点は、盗賊の拠点だった。

「えっと兄さん、盗賊は食べられませんよ？」

「分かってるよ⁉」

まさか魔獣だけ狩って盗賊は放っておきましたじゃ、公爵家の家宰さんに怒られるよ。

地図の印は、深い森の一部分を囲っていた。

このあたりに盗賊がいるということだ。

「兄さん、魔獣と違って盗賊は逃げますから厄介ですね」

「そう？　ぼくは魔獣にもよく逃げられるけど」

「それは兄さんだけかと」

そんな話をしながら、さてどうやって盗賊の拠点を探そうか考えていると。

「いい案がある」

「カナデ？」

「おとり作戦」

「どうやるのそれ？」

「スズハがおっぱい丸出しで森をねりあるく。いっぱつで釣れる」

「イヤですよそんなの⁉」

スズハが首を横に振って拒絶した。まあそうだよね。

「気にしなくていい。どうせ盗賊はみなごろし」

「ならカナデがやればいいじゃないですか」

「それもそう。わかった」

「いやいやいや⁉」

カナデがメイド服の胸元をたゆんっとずらしたところでさすがに止める。

「でも、おとり作戦はアリかも。スズハなら盗賊に攫《さら》われても大丈夫だよね？」

「盗賊ごときに不覚をとるつもりはありませんが、兄さんと離れるのは……」

「もちろんぼくも陰から見てるし、危なくなったらすぐ助けるから」

「に、兄さんに助けられる——アリです！」


——というわけでおとり作戦を実行すると、まあこれが面白いくらい釣れた。

その後の盗賊退治でも、この作戦は当たりに当たりまくって。

具体的には五十近くあった盗賊の拠点全てで、スズハの放流から三分以内にヒットした。

もう入れ食い状態だった。

最初のうちはスズハが抵抗する演技に失敗して盗賊の首をへし折ったりと、盗賊たちの拠点に着く前に倒す失敗もあったけれど、それを差し引いてもスムーズに討伐は進んだ。

早く次の魔獣討伐に行きたかったスズハたちが、やたら張り切っていたのも大きい。

そんなこんなで。

魔獣を討伐しまくってぼくが調理してみんなで舌鼓《したつづみ》をうちつつ、さらに盗賊討伐にも励んだ。その結果。

およそ一ヶ月ほどで、無事に八十八箇所の拠点を全て討伐し終えたのだった。

9

サクラギ公爵家の本邸に戻り報告すると、家宰さんにえらく驚かれた。

「ま、まさか……！　本当に、一ヶ月で全て終わらせられるとは……！」

「えっと……やっぱり全部討伐したら拙《まず》かったですかね……？」

「決してそんなことはありませんぞ⁉」

魔獣のお肉を独り占めして……なんて怒ってるかもと思ったけれど、ひとまずは討伐の労をねぎらってくれた。よかった。

そしてユズリハさんはと言うと。

「あ、会いたかった……！　わたしの相棒っ……！」

「どうしたんですか、なんだかボロボロですよ⁉」

「あの鬼畜家宰に当主代行の仕事をしろと言われ、慣れない書類仕事を大量に……その上、こんな長い時間キミに会わないことなんて無かったから禁断症状が出てきてどうにも……ううぅっ」

「た、大変でしたね？」

一部よく分からない部分もあったけど、ユズリハさんも大変だったみたいだ。

そして朗報も。

「ご主人様。メイドの谷のメイドが、いまの最新情報を持ってきてくれてた」

「そうだキミ。我が公爵家で集めた情報も、わたしの方でまとめておいたぞ」

「ありがとうございます！」

そうして、二つの報告書をみんなで読み込んで分かったことが三つ。

一つ、オリハルコンは上質なミスリルに超高純度魔力が過剰融合することで生成される。

一つ、オリハルコンは薬効があり、万能特効薬であるエリクサーの材料にもなる。

一つ、オリハルコンは破魔の効果がある。

「うーん……なんだか分かったような、具体的にはなにも進展してないような……」

「ですが兄さん、オリハルコンの鉱脈ができた理由は分かりましたね」

「スズハくんの言うとおりだな。スズハくんの兄上の魔力と彷徨える白髪吸血鬼《ホワイトヘアード・ヴァンパイア》の魔力、光と闇が両方合わさり最強になった超魔力が、すぐ横のミスリル鉱脈と融合したのだろう。まったく、スズハくんの兄上以外には再現不可能な精錬法だが」

「ぼくだって、もう一度やれと言われても無理ですからね？」

何はともあれ、少しでも情報が集まったのは喜ばしい。

今回は彷徨える白髪吸血鬼《ホワイトヘアード・ヴァンパイア》の情報は無かったけれど、こちらは今後に期待しよう。

＊

そしてぼくらは現在、どこに向かっているのかというと。

なんと温泉である。

なんでそんな話になったかというと事の発端は、ユズリハさんがいきなりぼくに対して頭を下げてきたことで。

「いや、申し訳ない。ウチの家宰が準備不足で……」

なんでも、ぼくが八十八箇所をこんな短期間で討伐してくると思わなかったとのことで、報酬を用意するのに時間が掛かっているらしい。

「いや別に、報酬なんていりませんよ？」

「なにを言う。我が公爵家の家宰が討伐を依頼し、キミはこれ以上無い形で完遂したんだ。これで報酬を払わなかったら、我が公爵家のメンツが丸潰れになってしまう」

「本当にいいのに……」

ていうか、魔獣のお肉をあれだけ食べまくったうえに報酬まで貰《もら》うとかどうなんだろう。罪の意識が凄《すご》い。

まあそれはそれとして、待っている間の時間をどうしようかということになり。

「兄さん、温泉ですよ！　わたしは温泉に入りに公爵領まで来たんです！」

「わたしも大賛成だ。本邸にいると、セバスチャンが仕事を押しつけてくるからな」

「カナデも大賛成。……温泉といえばお背中ながしますか、お背中ながしますかといえばメイド。これ、ゆけむりの真理」

「うにゅー！」

というわけで、温泉へ行くことになったのだった。

公爵家本邸から三日掛けて、ぼくたちは険しい山中の温泉に到着した。

「ここはとんでもない秘境にあるが、泉質は最高だし歴史も一番古いんだ」

ユズリハさんがそう自慢するだけあって、まるで湖がそのまま温泉になったようだった。

広さも最高だし、源泉から温泉が常に溢《あふ》れ出ているから水質も綺麗《きれい》。

いわゆる源泉掛け流しというやつだ。

険しい山の上にあるので、見下ろす景色も最高。

お湯が真っ白に染まっているのが、いかにも温泉という感じでテンションが上がる。

「じゃあみんな、お先にどうぞ。ぼくは後で入るから」

ぼくだけ男なのでそう言うと、なぜかみんなが不思議そうな顔をして。

「兄さんはなにを言ってるんですか？　この温泉にはわたしたち以外は誰もいないですし、一緒に入ればいいですよね？」

「いやいや⁉　混浴温泉じゃあるまいし！」

「キミ、そもそもここの温泉は混浴だぞ？　そこに札も立っているだろう」

「ほんとだ……男女混浴、水着着用って書いてある……」

「まあわたしたち以外は誰もいないですし、裸でいいと思いますが」

「絶対ダメだよ⁉」

スズハは兄妹《きょうだい》、カナデはメイド、うにゅ子は幼女と強弁したとしてもユズリハさんは絶対ダメである。だって公爵令嬢だから。

なんとか言ってください、という意図でユズリハさんに目線を向けると。

「そ、そうか……いや、戦場で死闘を共にした戦士には男女など関係が無いというし……ならばわたしがスズハくんの兄上と混浴することは、むしろ必然ということか……!?」

「いや否定してくださいよ!?」

最終的には、ぼくの権限で水着着用ということに決まった。

みんななんだか不満そうだった。得心がいかない。


「――まあこんなこともあろうかと、水着は用意している。もちろん全員分あるぞ」

というユズリハさんの言葉で、女性陣はお着替えタイム。

ぼくは男なのですぐ着替え終えて、みんなを待っている。先に温泉に入るのも悪いしね。

やがてみんなが着替え終えて、岩の陰から出てきた。

「に、兄さん。どうでしょうか――?」

そう言って最初に出てきたスズハの水着は、なんというか……すごく際《きわ》どかった。

青いビキニなのはいい。スズハの髪と同じ色。それにスズハの体型だと、ワンピースはサイズが厳しいと聞いたことがある。

スズハの細身ながら鍛えられた肢体がよく映えるデザインだとも思う。

だけどなんだか――

「えっと……似合ってるけど、布面積が少なすぎないかな……？」

「や、やりました！　兄さんに似合ってるって言われました！」

「いやそこじゃなくてね……？」

「まあそう言ってくれるなキミ」

苦笑しながら出てきたのは、こちらは白のビキニのユズリハさん。

ただしこちらも、やたらと布面積が少ないんですが？

次いで出てきたカナデ、黒のビキニ。こちらも同じ。

……最後のうにゅ子だけ寸胴型のワンピースなのは、触れて良いのか悪いのか。

「キミたちが魔獣討伐へと行っている間、公爵家御用達《ごようたし》のデザイナーを呼んで水着を発注したんだ。そうしたらデザイナーが燃え上がってしまって」

「はあ」

「優秀な女性なんだが、暴走するのが玉に瑕《きず》でな……公爵令嬢のわたしの前で叫ぶんだよ。

『こんな肉体に神とサキュバスが宿りまくったにもほどがある、空前絶後の、超絶怒濤《どとう》のセクシーボディーを限界まで見せないとか、全人類への冒瀆《ぼうとく》なんですよおぉぉ！』ってな。

それでこうなった」

「えええ……？」

「わたしもキミにしか見せないなら別にいいかなって……いっ、いやあの今のはそういう意味じゃなく！」

ユズリハさんのそういう意味が、どんな意味なのかは分からなかったけれど。

ぼくが似合ってると褒めたら、みんな凄く喜んでくれたので。

これもいいのかなって、そう思った。

10

「はふぅ……温泉は癒やされますね……」

ちゃぽん、と白濁温泉に浸《つ》かりながら、スズハが至福の声を漏らす。

なぜかぼくの膝の上で。

「な、なあスズハくん？　そろそろ代わらないか？」

「だめです。兄さんの膝の上は妹に与えられた特権なので」

「……ていうかスズハはなんで、入るなりぼくの膝の上に乗ってきたのかなあ？」

「わたしたち兄妹は、昔からそうだったじゃないですか」

そりゃずっと昔、スズハがまだ今のカナデよりも小さい頃の話で。

その時に入っていたお風呂《ふろ》が小さかったから二人並んで入れず、仕方がないのでぼくがスズハを抱きかかえて入っていただけの話だ。

「なっ⁉　キミは妹とハレンチな真似《まね》を……！」

「そんなわけないですよねえ⁉」

「ハレンチでないというならば、わたしのことも膝の上に乗せて証明すべきだ」

「それこそハレンチじゃないですか！」

アホな会話をするぼくたちの前を、カナデが背泳ぎで横切っていく。

子供の頃って、広いお風呂を見ると泳ぎたくなるよね。わかりみが深い。

胸元がドンと浮いたカナデの背泳ぎを見ている限り、ぜんぜん子供っぽさは無いけれど。

うにゅ子はイカ腹を丸出しにして温泉に浮かんでいる。気持ちよさそう。

「あとは近くに旅館でもあれば完璧だったんだけどね……」

「一番近い人里で五十キロは離れてるから無理だろう。それに——」

「わたしは兄さんの手料理の方が嬉《うれ》しいので問題無しです！」

「わ、わたしがそのセリフ言おうと思って準備してたんだが⁉」

……まさかぼくに料理させるために、こんな辺境の温泉を選んだわけじゃないよね？

そんなこんなで温泉にゆっくりと浸かっていると、ユズリハさんがここの温泉についていろいろ教えてくれた。効能とか歴史とか。

「この温泉にはな、古い歴史があるんだ。我が公爵家とも因縁が深い。だからこそキミと、どうしても一緒に来たかったんだ」

「ユズリハさん、兄さんの手料理を食べる策略じゃなかったんですね」

「もちろんそれもあるが——い、いや、そんなことはどうでもよくてだな！」

やっぱりあったんかい。

「こほん。——もう千年以上も前のことだ。後にサクラギ公爵家の初代当主となる戦士が、サクラギの大地に巣くう邪悪な大蛇の討伐を依頼されてな」

「へえ」

「邪蛇はとてつもなく強く、倒すことなど到底不可能だった。なのでご先祖様は、当時は辛《かろ》うじて生き残っていたエルフに助力を求めたうえで、数ヶ月に及ぶ死闘の末になんとかこの霊山に邪蛇を縛り付け封印した」

「ほうほう」

「すると、その場所に温泉が湧き出たという伝説だ。なのでこの温泉の下には、今もなおその邪蛇が眠っているという──」

その伝説によるとこの白濁液、邪蛇のエキスということになるのだろうか。

なんか嫌だなあ……なんてことはさすがに言わずに。

「素敵な話ですね。サクラギ公爵家の長い歴史を感じさせます」

「うむ。そうだろうそうだろう」

「………」

スズハよ、これが世間で敵を作らない処世術なのだ。多分。

なので兄をジト目で見るんじゃありません。

「そういうことなら、ぼくも協力しましょうか。カナデ、オリハルコン出してくれる？」

「はい」

少し離れたところを背泳ぎしていたはずのカナデが、ぼくのすぐ横の水面からにゅっと顔を出すと、胸元に手を突っ込んでオリハルコンを出した。もうツッコまないぞ。

「ささやかながら、ぼくも封印のお手伝いをしようかと。ほいっと」

ぼくが投げたオリハルコンの塊は、温泉の中央に落ちて沈んでいった。

「なるほど。オリハルコンには破魔の効果があるという、だから奉納してくれたんだな。ありがとう」

「とんでもないです」

それからゆっくり温泉に浸かっていると。

突然、地面が大きく揺れた。

温泉からぶくぶくと大量の泡が湧き出す。そして地面が温泉を中心にひび割れて──！

「兄さん！」

慌てて温泉を出たぼくたちの目の前で、もの凄《すご》い高さの水柱が噴き上がり。

そこに現れたのは、全長数十メートルもある──巨大な蛇だった。

「伝説は本当だったんだな……」

ユズリハさんが呆然《ぼうぜん》と呟《つぶや》く。その横でスズハが顔をしかめて、

「つまりわたしたちは、あの蛇から染《し》み出た白濁液を」

「スズハ。それ以上はいけない」

というかそれどころじゃない。

伝説によれば、英雄であった初代サクラギ公爵がこの大蛇を封印するために、数ヶ月も要したというのだから。

正直、ちんけな魔獣狩りくらいしかできないぼくになんとかできるとは思えない。でもここで逃げたなら、この大蛇は以前と同じように、サクラギ公爵領の領民たちを地獄へと

突き落とすだろう――それはいけない！

「ユズリハさん！」

「ああキミ！　やってやろうじゃないか！」

そしてぼくたちは、邪蛇へと立ち向かった――！


……と思ったら、邪蛇の頭にジャブを一発当てただけで、頭が弾《はじ》け飛んで終了した。

どうやら封印されている間に、滅茶苦茶《めちゃくちゃ》弱くなっていたみたいだ。

見かけ倒しもいい加減にしていただきたい。

＊

邪蛇を倒した後にすることといえば、当然お食事タイムである。

蛇の肉は鶏肉《とりにく》に近い。

つまり魔獣である邪蛇の肉は、とんでもなく美味《おい》しい鶏肉みたいなもので。

「お、美味しいです、兄さん！」

「噂《うわさ》には聞いていたが、魔獣の肉がこれほどまでに美味《うま》いとは……いや待て、そうするとキミたちはわたしが書類に埋もれている間、こんな美味いものを食べていたのか……？」

「ご主人様の食べるものを毒味するのはメイドの仕事。つまりカナデはご主人様のために、このお肉を食べまくれるということ――！」

「うにゅー！」

――まあ、そんなこんなで。

あれだけあった邪蛇の肉は、ものの一時間で綺麗《きれい》に食べ尽くされてしまった。

さすがに食べ過ぎたのか、最後の方はみんなグロッキーになっていたけれど。

そして。

「えっとみんな、モツ煮ができたけど食べられる？」

「ま、待てキミ。蛇の内臓なんて食べられるのか？」

「普通は食べませんけどね。ただ今回は魔獣の大蛇なので、美味しくいただけるかなと。それでどうします？」

さすがにパスするかなと思いながら、みんなに聞くと。

「に、兄さんの手料理を前にして、食べないなどとっ……！」

「いいかキミ。女騎士には、負けると分かっていても戦わなければいけない戦いがある。それが今この時だ……！」

「……メイドは決して仕事から逃げたりしない。たとえそれが、どんなに苦しくて大変な道だと分かっていても……！」

すでにひっくり返ってお昼寝タイムのうにゅ子以外が、ギラついた目を向けてくる。

なんだかゾンビみたいで正直怖い。

「え、えっと……無理しないでね……？」

みんなにモツ煮をよそうと、さすがに先ほどまでの暴れ食いはせずゆっくり食べる。

「しかしキミ、このモツ煮も美味いな……先ほどの肉といい、キミが暴れ食いをしないで我慢できるのが不思議だ」

「いえ。本当はぼくも、心ゆくまで食べまくりたいんですけどね。でもそうしちゃうと、万が一別の魔獣が出て襲われた時に困るかなって」

「ふむ、そういうことか……キミは細かい点まで気が回るのだな。大したものだ」

大げさに感心しているユズリハさんだけど、そういう危機管理って本来は騎士なんかが気にすることのような。別にいいけど。

ぼくが心の中で、そんなツッコミを入れたとき。

「あっ……なんでしょう、これ？」

スズハが食べていたモツ煮から、こぶし大ほどの水晶玉が出てきた。

邪蛇の内臓の中で、消化されずに残っていたようだ。

「水晶玉かな？　でも割れてるね」

「片割れも出てくるかもしれません。気をつけて食べましょう」

スズハの予言通り、割れたもう片方はユズリハさんの椀《わん》から出てきた。

「兄さん、なんでしょうかこれ。ただの水晶玉ではないと思いますが……」

「わたしもそう思う。普通の水晶玉なら、仮に吞《の》み込んだとしても魔獣の強力な消化液ですぐに溶かされてしまうだろう」

「なるほど」

それにきちんと観察すると、割れた水晶玉に強力な魔力の残滓《ざんし》が見て取れる。

「ユズリハさんは、これが何だと思います？」

「これは仮の話だが……邪蛇の中にあったということなら、もしかしてその昔ご先祖様が邪蛇を封印した時に使った宝玉かもしらん。とりあえず持ち帰るべきだろう」

「了解です」

というわけで。

ぼくたちは割れた水晶玉を持って、サクラギ公爵家本邸へと戻ったのだった。

11（トーコ視点）

深夜のサクラギ公爵家。

いつにも増して遅い時間に当主の書斎へと入ってきたトーコが、椅子に座るなり大きなため息をつく。スズハ兄に腰でも揉《も》んで欲しいとトーコは思った。

遅れて入ってきたサクラギ公爵から熱いお茶を貰《もら》って一口啜《すす》る。

「疲れているようだな」

「本当にね……！　ある程度は分かっちゃいたけど、こうまで領内の治安が悪化するとは思わなかったわよ！」

「ほとんど粛清したからな」

現在、ドロッセルマイエル王国の治安は悪化している。

理由は明白。クーデターがあったからだ。

もっと言えば、トーコが女王になった時、王子派の貴族を根こそぎ粛清しまくったから。

貴族の大きな仕事の一つに、領内の治安の維持がある。

なので貴族の大多数を粛清した段階で、治安の悪化は予想が付いていた。

「まあボクが女王になったせいで治安が悪化したと思えば、忸怩《じくじ》たるものはあるけどね」

「そうは言うがな。どちらかの王子が次の国王になったなら、治安状態は現状などとても比較にならないほど悪化していたぞ？　なにしろ連中はクーデターを起こすほどのアホが揃《そろ》っているうえに、苛烈な領政で領民から搾り取ることばかり考えていた奴《やつ》らだからな。治安維持にカネを出すなど到底思えん」

「まー、それはそうなんだけどね……」

自分たちもクーデターを計画したことを棚に上げたのはツッコまないでおこうと思った。ツッコむ気力が無いともいう。

「でもさ、それにしても予想より悪化のペースが早いわけよ。なんでさ？」

「それについては心当たりがある」

「なによそれ」

公爵が顎を撫《な》でて口を開いた。

「あの男だ」

「あの男、ってまさかスズハ兄？　なんでそうなるの？」

「これは、我が公爵家の家宰が考えた仮定の話だが――」

――その昔、我が国は近隣諸国に脅威を与える大国だった。

なので近隣諸国はこぞって防衛を強化し、内部工作に回せる余裕はそれほど無かった。

しかしそこに、スズハの兄が現れた。

スズハの兄は自らの領地をたった一人で奪還して、攻めてこようとする百万の敵軍を、ただの一兵も使わずに叩《たた》き潰した。

まともに考えて、そんな圧倒的すぎる武力に、武力で対抗しようとしても無駄だ。

ならば残るのは、搦《から》め手《て》しかないだろう――

そんな公爵の仮説を聞いて、トーコが頭を掻《か》きむしる。

「つまり防衛を諦めた代わりに、治安を悪化させて嫌がらせと弱体化を狙うってこと!?」

「そういうことだな」

「ううっ……それホントにありそう……！」

「ワシが敵国にいたら、治安を悪化させるために盗賊どもを送り込み、また既存の盗賊も支援するだろう。なにしろ盗賊どもが捕らえられても、貴族との繋《つな》がりを探るなど普通は不可能に近い」

「いっそ攻めて来てくれた方が楽ってことか……」

「しかしそちらは、敵国にメリットが無いからな。近隣のどの国も、我が国との国境兵を大幅に削っていると報告があった。余剰人員をそちらに回す余裕は十分ある」

「もう一つ面白い話があるぞ。現在の我が国において最も治安が良いのは、ぶっちぎりでローエングリン辺境伯領だ。つまり他国が一切手出しをしていない」

「うーっ……！」

「まあ万が一にもちょっかいがバレて、スズハ兄の逆鱗《げきりん》に触れたなら、キャランドゥー領みたいに完膚なきまでに叩き潰されると思えばねえ？　スズハ兄の領地に手を出すバカは、そりゃいないでしょーよ」

予想以上に治安が悪化した原因は分かった。間違いなくそれだ。

「はあ……ただでさえ、スズハ兄のおかげで面倒な事が増えたばっかりだっていうのに。もっとも、こっちはその面倒を数万倍しただけのメリットも貰っちゃってるから、文句も言えないんだけどさあ！」

「ほう。今度は何があった？」

「聖教国からの呼び出し」

聖教国は、この大陸全土に広がる宗教の総本山を中心とする宗教国家である。

ドロッセルマイエル王国には独自の国教があるが、それも元を辿《たど》れば聖教国から分離、独立したものだ。

もっとも国教のトップであるはずの教皇は、クーデターの首謀者の一人として粛清され、現在は空位となっているのだが。

　聖教国が動いたと聞いた公爵はすぐにピンときた。

「なるほどな。あの男が気になるから、様子を窺《うかが》いに来たというわけか。聖女もそうだが
――教皇と大司教も絡《から》んでいるだろうな」

「まったく、スズハ兄が気になるなら自分で来ればいいのにさ！」

「諦めろ。本来、国王が交代したら挨拶に出向くのは昔からの慣習だ」

　まあ文句ばかり言っていても仕方がない。そんなことはトーコにだって分かってる。

　ならば、どうすればいいかという話になるわけだが。

　それが思い浮かばないから、こうして困っているわけで。

「まあ聖教国に挨拶しにはいくけどさ……話を戻すと、そういうことなら治安の維持には
地道にお金かけるしかなさそうかあ。なんか楽な方法はないかな？」

「お前以上に楽な王など存在しない。あの男に感謝するんだな」

「いや、それは感謝してるけど……」

　そしてふと思う。

　公爵だって、自領の治安悪化は頭の痛い問題のはずだ。それが証拠に、つい最近までは
バタバタしていた。

けれど今は、どこか余裕が見て取れるような――？

「ねえ。公爵には、なんか秘策でもあるの？」

聞いてはみるが、そんなもの無いだろうと思いつつトーコがお茶を啜る。美味《おい》しい。

「そんなものは無いが、公爵領の家宰から早文が来てな」

「どんな？」

「――公爵家本邸を訪問したあの男が、領地内全八十八箇所の討伐目標を全て討伐すると言って、屋敷《やしき》を出発したらしい」

「ぶ――――っっ!?」

盛大にお茶を噴き出した。

トーコの反応を予想していたらしい公爵は、素早く書類を掲げてガードする。

「けほっ、けほっ――な、なによそれ!?」

「あの男の実力を考えれば、十分に可能だろう」

「そりゃそうかもだけどさ！　……ってあれ、でもそれって意外に有効……？」

「あの男をいざという時に使う、そのための貸しが減ることさえ除けば十分ありだろう。討伐依頼したことをユズリハには怒られたそうだが」

「まあユズリハは、軽い気持ちでスズハ兄に仕事を振ったら怒るだろうねー。その代わりスズハ兄本人は、まるで気にしなそうだけど」

「そうだな」

二人とも、スズハの兄が失敗する可能性など微塵《みじん》も考えていない。

というより、スズハの兄が苦戦する可能性が一ミリでもある相手がいたとしたら、即刻公爵から女王へ緊急報告がなされているはずだから。

「ふーん。いいなー。スズハ兄、王家直轄領もやってくれないかなー」

「頼めばいいだろう、あの男は断るまい。それこそ王国全土の討伐を頼んだらどうだ？」

「あ、それはダメ」

「なぜだ」

「そりゃー人間ってのはさ、楽な方に流されちゃう生き物だから」

討伐を頼めばスズハの兄は引き受けるだろうし、貴族も感謝するだろう。

だがそれは繰り返され、いつしか癖になる。

そうしていつの日か、スズハの兄がいなくなったとき。

貴族は自分の領地を護《まも》らなければいけないことを、すっかり忘れているだろう——

「いやほんと、さっき聞いた話くらいならいいんだよ。たまたまスズハ兄が来た時にさ、官僚送った貸しを返してもらいましたみたいな。でもそれは日常的にやるものじゃない。

そもそも普通の貴族は、スズハ兄に貸しなんか無いわけだし」

「粛清されたあやつらなら、あの男を使うだけ使ったあげく踏み倒しそうだな」

「だから粛清されるんだよ……スズハ兄に愛想《あいそ》尽かされて国を捨てられる、それが一番の亡国まっしぐらシナリオなんだからさ」

「王家に討伐の斡旋《あっせん》を依頼されても、やる気は無さそうだな」

「ないねー。まず現状認識がどうなってるかから、延々と問い詰めそう」

そう言ったトーコがふと首を捻《ひね》って、

「いやもちろん、緊急事態なら別だよ？　スズハ兄以外は無理でしょみたいな魔獣とか」

「ほう」

「言っても危険度最上位のヤツだけだからね？　それこそ、サクラギ公爵領の初代公爵が封印したって伝説の、ヨルムンガンドが復活したとかさ！」

ヨルムンガンドは、神話の時代にいたとされる伝説の大蛇。

初代サクラギ公爵が数ヶ月の死闘の末、討伐はできないもののなんとか霊山に封印し、その場所には温泉が湧くようになったという伝説が残されている。

もっとも信頼できる目撃記録は残っておらず、現代では想像上の魔獣とされているが。

「……冗談でもやめろ。サクラギ公爵領を滅ぼす魔獣の実在なぞ、想像もしたくない」

「あ。ごめん」

その後いくつかの問題について話し合い。

その日もいつものように、深夜の密談は終わった。

それからおよそ一ヶ月と少し。

サクラギ公爵は、邪蛇が復活したあげく即座に退治されたという緊急報告を受け取って、愕然《がくぜん》とすることになる――

3章　聖教国

1

サクラギ公爵本邸に戻って邪蛇のことを報告すると、家宰さんがすごく驚いていた。

「す、すると、あの伝説のヨルムンガンドを倒したと――!?」

「あ、そういう名前なんですか」

家宰さん曰《いわ》く、なんでも伝説が荒唐無稽すぎるせいで実話だと思われていなかったとか。信頼できる目撃証言なんかも無かったらしい。

「それでお怪我《けが》の方は」

「なんともありませんでした。伝説と違って、邪蛇が凄《すご》く弱かったので」

「――お嬢様？」

「スズハくんの兄上の言うとおり、誰も怪我一つしていないことは間違いない。もっともあの大蛇が強かったかどうかは、今となってはさっぱり分からん」

「と申しますと」

「スズハくんの兄上が、パンチ一発で頭を吹き飛ばしてしまったからな」

「……失礼ですが、そんなことが本当に……？」

「できるんだよ。わたしの相棒はな」

ユズリハさんの横で、スズハもうんうんと頷《うなず》いている。

ていうかそんなことができる時点で、邪蛇が弱体化している証拠だと思うんだけど？

「あと、邪蛇の腹の中からこんなものが」

ぼくが割れた宝玉を渡すと、家宰さんがまじまじと観察して。

「これは……ヨルムンガンドの封印に使われていた宝玉でしょうか？」

「かもしれないと思うんですが」

「そのような宝玉があるという記述は、伝説には無かったと記憶しております。とはいえ初代当主がヨルムンガンドを封印した際、具体的にどうしたのかについては詳細な記述がそもそも残っていないのですよ」

「千年も前の話ですからね」

まあ封印に使った宝玉にせよ、偶然邪蛇の腹から出てきた品物にせよ、公爵家に伝わる邪蛇伝説由来のアイテムには違いない。

というわけで家宰さんに渡そうとすると、なぜか全力で拒否された。

「こちらは是非、ローエングリン辺境伯がお持ちください」

「ですが、初代公爵様由来の逸品かもしれませんよ？」

「だからこそお持ちいただきたいのです——邪蛇のみならず、公爵領の魔獣をことごとく討伐していただいた報酬は当然ご用意させていただきますが、これが価値ある戦利品ならその所有権は討伐者のものですからな」

「ですが」

「魔獣退治の報酬は、それを倒した英雄が手に入れるべきでしょう」

ユズリハさんを見ると、こちらも大きく頷いて。

「そういうことだキミ。魔獣の肉と同じだ」

「——そういうことでしたら」

魔獣の肉のことを言われると弱い。

宝玉は別にいらないけれど、ならば肉の代金をいただくと言われては堪《たま》らないからね。

というわけで、ここは素直に受け取っておく。いざとなったら返せばいいし。

でもこれどうしようと思っていると、家宰さんからアドバイスが。

「そちらの宝玉は、トーコ女王に鑑定していただいてはいかがでしょうか？」

「トーコさんですか？」

「宝玉のような魔道具については、やはり魔導師が一番詳しいものです。そして我が国で一番優秀な魔導師といえば、なんといってもトーコ女王でしょう」

「なるほど」

トーコさんに情報収集の報告がてら、宝玉を見てもらうのもいいかもしれない。

「では近いうちに王都へ向かおうと思います」

「いえ、その必要はございません」

「というと？」

「皆様が外出されている最中に、トーコ女王がこちらの本邸へご訪問なさるとの先触れをいただきました。数日後には到着するとのことです」

　心当たりが無いようで、ユズリハさんが首を捻った。

「トーコがここに？　用件はなんだ？」

「聖教国へ女王就任のご挨拶に伺う途中で、こちらに寄られるとのことです」

「聖教国だって？　王が交代したら挨拶するのはスジだが──ははあ、そういうことか」

　ぼくも聞いたことがある。

　聖教国はこの大陸の宗教の総本山であり、ゆえに王様が交代したら挨拶に行くのだと。ただし最近では、その慣例も廃《すた》れてきていると聞いたけど。

それに、なんか今さら行くのもなあという気もする。

スズハも同じ疑問を持ったようで、

「ですがユズリハさん。トーコ女王が就任してから、もう半年以上経《た》ちますよ？　しかも兄さんの大活躍で領地が広がって、国の情勢が落ち着いたとはとても言い難《がた》い状況です。どうして今なんでしょうか？」

「わたしも一瞬そう思ったが、トーコがこのタイミングで自分から訪問するはずが無い。恐らくはスズハくんの兄上が原因だろうな」

「ぼくですか⁉」

「少し考えてみるといい。聖教国にとっては、クーデターで王が代わろうがどうしようが、その次の王が敵対しなければいいんだ、だから放っておいた。だがそこに、スズハくんの兄上が出てきた」

「えっと、ぼく何かしちゃいましたか？」

「しまくりまくっただろうが。オリハルコンの件も、百万の敵兵を一人で叩《たた》き潰した件も、聖教国の興味を引くに余りある。かといってプライドが邪魔をしてあちらからは動けない。そこで挨拶の慣習にかこつけて、トーコを呼びつけたのさ」

「ひょっとして、ぼくがトーコさんにご迷惑を……？」

「そう言えなくもないが、キミはトーコに軽くその百万倍はメリットを与えてるからな。これは散々キミをこき使ったトーコが払う、いわば税金みたいなものだ。というわけで、キミが気にすることは一つも無いさ」

「ユズリハさんの言うとおりです兄さん。むしろトーコさんはもっと税金を払うべきです。具体的には兄さんと妹のわたしに毎食カツカレーを提供するとか」

「スズハはなにを言ってるのかな⁉」

色気より食い気とはこのことか。まだまだぼくの妹はお子様のようだ。

身体《からだ》だけなら滅茶苦茶《めちゃくちゃ》立派に育ったんだけどなあ。

＊

トーコさんが到着するまでの数日間。

ぼくたちはユズリハさんに頼まれて、公爵家の私兵の訓練を手伝うことにした。

「ですがユズリハさん一人で、私兵の訓練をするには十分すぎるのでは？」

なにしろユズリハさんは、殺戮《キリング・ゴッデス》の戦女神の渾名《あだな》で大陸中に勇名を轟《とどろ》かせた女騎士。

ぼくなんかが手伝える余地なんて無さそうに思えるけれど。

「なにをゆー。それは違う、全くの見当違いだぞキミ」

「はあ」

「わたしだけでは、一人対多数の訓練しかできない。しかしそこにキミが加わることで、強敵が二人いた場合の訓練ができるじゃないか。これは大きな違いだぞ」

「そう言われれば」

いくらユズリハさんが強くても、一人では敵に挟み撃ちされたり、一人を攻撃する間に残りの敵が貴人を誘拐したりする場面が再現できないわけか。

盗賊やモンスターの殲滅《せんめつ》などとは違い、護衛などを含めた様々なケースを想定すれば、たしかにユズリハさん一人では限度がある。

「というわけだからキミ、訓練では常にわたしとコンビを組んでくれ。それが効率の上で最善だからな」

「はい」

ぼくが頷くと、ユズリハさんが大輪がほころぶように破顔した。

ユズリハさんは本当に訓練が大好きなんだなと感心する。まさに女騎士の鑑《かがみ》。

「そうだ。スズハとカナデも呼びましょう」

「ちょっと待てキミ。なぜそうなる？」

「ユズリハさんの話ですと、人数ができるだけいた方が訓練のできるシチュエーションも増えますから。スズハとカナデなら実力的にも問題ないですし」

「……いや、今回は止《や》めておこう」

ユズリハさんが首を横に振る。なぜだろう？

どうせ二人とも暇だし、いいアイデアだと思ったのに。

「問題がありますか？」

「えっと、つまりだな。二人を訓練に参加させるのは決して悪くないんだが、多人数だとわたしがキミの背中を護《まも》れない──とかじゃなくて、わたしとキミのコンビネーションを練習する時間が無くなるし──でもなくてほらアレだアレ、わたしたちだけでも強いのにスズハくんなんかが入ったら、強すぎて収拾がつかなくなるだろう？」

「はあ」

スズハが一人入っただけでも強すぎるなんて、公爵家の私兵はかなり弱いみたいだ。

ぼくが聞いた話だと、王家の近衛《このえ》師団にも匹敵する強さってことだったのに。噂《うわさ》なんて当てにならないものらしい。

スズハは手加減もあまり上手《うま》くないし、そういうことなら二人の方がいいだろう。納得。

「なるほど。了解です」

「そうか分かってくれたか。――念のために言っておくが、決してわたしがキミと二人で戦いたいとか、キミの背中を護る権利を独り占めしたいとか、一日の訓練が終わった後にわたしだけがキミに『お疲れ様』と言われながら優しく抱きしめられたいとか、その上で訓練疲れを癒やすマッサージを念入りに施《ほどこ》して欲しいとか――そういうことは、一ミリも考えていないから誤解しないように」

「もちろんです」

「しかし、キミが自主的にやってくれるのなら、やぶさかでない」

ユズリハさんのぼくを見る目がきらんと光る。どういうことだろう。

少しだけ考えた後、ぼくはまあ違うだろうなと思いながらも答えた。

「……つまり、ぼくは訓練の後にユズリハさんを抱きしめて、その後にマッサージすればいいとか……？」

「そ、そうかっ⁉　いやわたしが強制する話ではないんだが、キミがそうしてくれるならわたしもキミの厚意を、喜んで受け入れようじゃないか！」

ユズリハさんが飛び跳ねんばかりに喜んでくれた。正解だったみたいだ。マジか。

――ぼくが観察するに、ユズリハさんは今みたいに遠回しな言い方をするときがある。

一見ツンデレにしか聞こえないけれど、ユズリハさんに限ってそんなことはないだろう。

きっと深遠な暗喩に満ちた、上位貴族特有の言い回しに違いない。

ぶぶ漬け食べますかと言われて、本当に食べたことのあるぼくやスズハとは違うのだ。


実際の訓練の方は、まあ拍子抜けだった。

訓練初日、開始の合図とともに訓練場にいた私兵が一人残らずユズリハさんを無視してぼくへと襲いかかってきたのだけれど。

「えええ……弱っ」

思わずそんな感想を漏らしてしまうほど、公爵家の私兵はまあ弱かった。

これじゃ一人どころか全員いたって、魔獣の一体も倒すのは難しいというほど。

いや全員ならさすがに斃《たお》せるだろうけど、この弱さじゃ何人か死んでもおかしくない。

それほどにみんな揃《そろ》って弱すぎた。

もはや訓練どころの話じゃない。

「ううん。どういうことだろう……？」

公爵家の使用人は文官やメイドさんはあんなに優秀なのに、どうして私兵だけここまでよわよわなのか。謎しかない。

「……いやそれは、キミがあまりに強すぎるだけだが……？」

「ユズリハさん、何か言いました？」

「なんでもない。さあキミ、みんなにキミの強さを見せつけ心酔させてやれ。そうすれば、キミが公爵家に婿入りする時の反対勢力が一つ消えるからな――！」

ユズリハさんが何事か言っていたけれど、訓練場に響く戦いの音のせいでぼくにはよく聞こえなかった。

そうして訓練を始めてから、トーコさんが到着するまでの間。

なぜかユズリハさんの機嫌は、右肩上がりに急上昇していって。

なぜかスズハの機嫌は、反比例するように急降下していったのだった。

2

トーコさんが到着してすぐ、なぜか即行で呼び出された。

「ちょっとスズハ兄、一体どういうことかなあ⁉」

「……というと？」

「ウチと国交の無い国が三つ、いきなり帰属を求めてきたんですけど！」

「へっ？」

よく分からないのでお話を伺う。

するとなんでも、トーコさんの頭を悩ませていた小国が、三つほどあったのだという。

それらの国は領土こそ小さいものの、有力な部族がいたり貴重な特産品があるために、歴代国王が幾度となく近づこうとしたものの、毎回拒絶される曰《いわ》く付きの国なのだとか。

どうやらかなり閉鎖的らしい。

当然トーコさんも女王就任後に使者を送ったものの、その返事はけんもほろろ。

ところがである。

その三国が最近になって、突然ドロッセルマイエル王国への帰属を打診してきたらしい。

「えっと、おめでとうございます？」

「そうだけどっ！　そうだけど違うでしょーっ⁉」

「いやそう言われましても」

「そりゃボクの策略が上手くいったとか、なにか大きな事件があったなら分かるけど！　けど今回は何も無いんだよ！　何の前触れもなく、いきなり言ってきたってわけなの！　そんなのスズハ兄が、また何かやらかしたとしか考えられないよね⁉」

えらい言われようだった。

それでも念のため、その三つの国名を聞いてみると。

「あれ？　どこかで聞き覚えが」

「だってこれ、みんなボクがスズハ兄に、ここで情報を集めて来ればって言った国だし」

「……トーコさん、そんな国にぼくを行かせようとしてたんですか？」

「今さらスズハ兄を、普通の国に行かせようとするわけないじゃん」

まあ国交の無い国とは言ってたけどね。

それはともあれ、トーコさんの誤解を解いておこう。

「言っておきますけどぼく、何もしてませんよ？」

「……本当に？」

「だってぼく、その国に行ってませんし。ああそうだ」

ぼくが行かない代わりに、メイドのカナデに情報収集を頼んでたんだった。

ぼくは後ろに控えていたカナデに声をかける。

「ねえカナデ、なにか知ってる？」

「……ごめんなさい。ご主人様の欲しい情報はまだ集まってない。収集の前段階」

「そうなんだ」

「三つとも閉鎖的なことで、メイドたちにゆうめい。だからまずはクーデターを起こして上層部を王国帰属派に入れ替えることで、情報を収集しやすくする」

「間違いなくそれが原因だよねえ⁉」

なんということでしょう。

ぼくが情報収集を頼んだせいで、ぼくの知らないところでクーデターが起きていたよ。

しかも三つも。

「すみませんトーコさん。どうやらぼくが発端だったようで」

「う、うん、それはいいんだけど……そのメイドが独断でやったのかな？」

「みたいです。もちろんメイドの責任はぼくの責任ということで」

「ううん、ボクとしては滅茶苦茶《めちゃくちゃ》助かったから逆にありがとうだけど……まさか本当に、スズハ兄の仕業じゃなかったなんて……！　でもスズハ兄のメイドの仕業なら、やっぱりスズハ兄がやらかしたのと同じなのかな……？」

トーコさんが、なんだか失礼なことで悩んでいた。

ぼくが何事かやらかすことが前提なのはどうかと思う。

その後はトーコさんと情報交換し、オリハルコンについて分かったことを伝える。

ぼくが公爵領で盗賊や魔獣なんかを退治していたことを、トーコさんはもう知っていた。

さすが女王だ耳が早い。

そしてトーコさんは聞いていた通り、聖教国に女王就任の挨拶へ向かうとのこと。

「ということはアレですか？　聖教国への山のような贈り物を、何十台もの馬車で一緒に運んで行くみたいな」

「うんにゃ。そんなもの一緒に運んでたら、いつ向こうに着けるか分からないからねー。だから贈り物は別に運んで、ボクと一緒なのは護衛だけ」

「なるほどです」

そんな話をしながら、ぼくはタイミングを計りつつ割れた宝玉を取り出して。

「トーコさん。これ見てください」

「んっ……なにこれ？」

「ぼくたちが温泉に浸《つ》かってたら邪蛇が出てきて、仕留めて捌《さば》いたら中からこれが」

「どういうことよ⁉」

ちゃんと説明すると、トーコさんは相当驚いたようで口をあんぐり開けていた。

「サクラギ家初代公爵のヨルムンガンド伝説……本当だったんだ……」

「まあ強さは全然だったんですけどね」

「うっさいわね。スズハ兄の言う強さはまるで信用ならないのよ」

なにそれひどい。

ショックを受けるぼくを尻目にトーコさんは割れた宝玉を睨《にら》みつけるように観察したり、日光に当てて透かしてみたり、なにやら呪文を唱えたりしていたが、やがて諦めたように大きくバンザイをした。

「無理。魔力が抜けちゃっててよく分からない。とりあえず修復しないとダメだわ」

「修復ってどうやるんですか？」

「普通の宝玉ならともかく、恐らくだけどこの宝玉は魔道具としても最高ランクだからね。いくらボクが魔導師として優秀でも、これは専門の魔道具術士でないと修復不可能だよ。でもそんなの国内には――そうだ！」

トーコさんがキラキラとした表情をぼくに向けて、

「ねえ、スズハ兄もボクと一緒に聖教国へ行かない？」

「聖教国へ？」

「そうだよ！　こんな高度な宝玉を修復できる魔道具術士なんてウチの国にはいないけど、聖教国なら間違いなくいるし！　あとスズハ兄が一緒に行ってくれれば、この先でかかる護衛費用もまるまる浮くし！　ねえスズハ兄、どうかな？」

「えっと、ぼくは別にいいですけど……？」

どうしたものかと、スズハたちに顔を向けると。

「いいんじゃないですか兄さん。ここで公爵家の私兵の訓練をしているより有意義かと」

「カナデも賛成。聖教国に潜入したままのメイドと情報交換もできる」

「うにゅー！」

なんだかみんな賛成みたいだ。

なお一人だけ、ユズリハさんは。

「わ、わたしは別に、スズハくんの兄上はこのままウチにいたっていいと思うんだが……そうすれば、わたしと一緒の訓練も続けられるし……」

「ふーん——ねえユズリハ、親友のボクのいない間にスズハ兄とずいぶんお楽しみだって聞いてるよ？ 自分たちだけスズハ兄と混浴温泉に入ったり、私兵の訓練を手伝わせたり、他にもいろいろ——」

「ぐっ」

「たまにはボクのお願いくらい、聞いてくれたっていいんじゃない？」

「……いいかキミ。わたしは断腸の思いで、断腸の思いでトーコに賛同しよう……！」

いやそんな苦しそうに言わなくても、と思ったぼくは間違ってないと思う。

何はともあれ。

ぼくたちはトーコさんと一緒に、聖教国へと向かうことが決定したのだった。

3（トーコ視点）

深夜のサクラギ公爵家本邸。

サクラギ公爵領の象徴でもある本邸には、王家との太い繋《つな》がりを誇示するかのように、王族専用客室なる部屋が用意されている。

およそ八百年前に増築されたという専用客室は、国王を迎え入れるために贅《ぜい》を尽くして磨き上げられた、まさに公爵邸の真髄とも言うべき部屋。歴代国王には華美な装飾を好む人物が少なかったため見た目こそ落ち着いているが、隅々にまで配慮され尽くした優美なしつらえはどこを取っても国宝級である。

そしてその王族専用客室に、女王たるトーコは当然宿泊して――いなかった。

そうなった理由は極めて単純。

家宰のセバスチャンがやりやがったからである。

「――まったくもう。あの家宰ってばさ、ボクに対する敬意ってのが一つも見られないと思うわけ！　ボク女王なのに！」

公爵本邸で二番目に格の高い、つまりは王族以外が使える一番格上の客室で、トーコがぷりぷりと怒ってみせる。

話し相手のユズリハとしては苦笑するしかない。

「まあセバスチャンだからな」

「この部屋だってさ！　王族用の客室に間違ってスズハ兄たちを泊めちゃったからボクはこっちの部屋でなんて、そんなことあるわけないじゃん！　あの冷酷有能鬼畜執事が！　そんな間違いするくらい無能だったら、あいつ百回くらい不敬罪で死んでるっての！」

邪蛇の退治から帰った後、スズハの兄たちが泊まる客室が変更になった。

通された客室が素人目《しろうとめ》にも段違いに格上だったため、スズハの兄は何度も聞き返したが、自ら案内をした家宰が有無を言わさず押し通したという。

それの意味するところは一つ。

──サクラギ公爵家の家宰として、スズハの兄を『格上』だと認めたということ。

「まあトーコも、部屋割り自体に怒っているわけではないのだろう？」

ユズリハが聞くと、トーコが素直に頷《うなず》いて。

「それは当然。──サクラギ公爵家最上の客室は、サクラギ公爵家当主の部屋より格上の、時間も費用もなにもかも完全に度外視したまさに真髄。だからその客室を使用できるのは公爵家当主よりも格上の人物でなくてはならない。──って聞いてるからね」

「その通りだ」

普通に考えて、公爵家より格上となれば王家しかない。だから王家専用と勘違いされる。

だが実際は、サクラギ公爵家当主より格上だと判断されれば、王でなくても構わないのだ。

──たとえば、領地の伝説である邪蛇を倒した辺境伯とか。

「いくらボクが現役女王でスタイル抜群の天才美少女魔導師でも、スズハ兄より格上とか甘すぎる夢なんか見てないしね。それにボクとしては、スズハ兄がボクの命もボクの国も救ってくれたわけだし、最上級の部屋なんて喜んで明け渡すよ」

「ならいいじゃないか」

「そりゃそうだけどっ！　雑にしれっと流さないで、ちゃんと説明しろって言うのよ！　適当なてへぺろで流すなっての！」

トーコはそう言うが、現実には難しいというより無茶難題である。

なぜならそれを説明することは、つまり『今の女王よりもスズハの兄の方が格上』だとサクラギ公爵家が認めていることに他ならないのだから。

王家に正面からケンカを売るような説明はさすがにできない以上、手違いのフリをして誤魔化すしかないわけで。

そんなことは二人とも分かっているのだが、だからといって雑すぎる家宰のあしらいに「もうちょっと申し訳なさそうにしなさいよ！」ともの申したいトーコなのだった。

それにしても、とトーコは思う。

「これでサクラギ公爵家最後の砦《とりで》も陥落かあ。スズハ兄ってさ、実質公爵家を征服したも同然じゃない？」

「セバスチャンは我が家で一番の慎重派だからな。それに父上も大規模な投資をあいつに止められて助かったことが何度もあるから、頭が上がらない部分がある」

「まあ、そんな相手すら感服させちゃったスズハ兄、マジスズハ兄って感じよね……」

トーコは思う。

スズハの兄が無自覚チートを発揮するにしても、もう少し自重してもらえないものか。

そうでもないと、今回のサクラギ公爵家の家宰のように。

スズハの兄の信奉者を無自覚に、わんさかと生み出してしまうのだから——

＊

その後も二人が話していると、控えめなノックの音がしてユズリハが首を傾げた。

「誰だ？」

「ああ、ボクが呼んだんだよ。入っちゃって」

「……ん」

部屋に入ってきたのは、スズハの兄のメイドであるカナデだった。一人だ。

「スズハ兄には話した？」

「話してない。メイドのことで、ご主人様に迷惑はかけられない」

「そう」

スズハの兄を通さず直接カナデと話したかったのは、もしもスズハの兄の前で話せば、遠慮しかねないだろう内容だったから。

「単刀直入に言うけど、王家のメイドにならない？」

「……は？」

「おいトーコ、スズハくんの兄上のメイドを引き抜くつもりか。感心しないぞ？」

「そんなんじゃないわよ!?」

今回、トーコは「カナデの将来について話がしたい。スズハ兄が一緒でもいいわよ」とカナデに声をかけておいた。

スズハの兄に声をかけなかったのは、まず本人の意向を聞きたかったから。

スズハの兄に先に聞いて断られたらこっ恥ずかしい、からではない。断じて。

「スズハ兄に聞いたんだけど、カナデってお城で唯一のメイドなんでしょ？」

「……そう」

「スズハ兄、カナデのことすごく褒めてた。なんでも完璧なスーパーメイドさんだって。

とくに掃除が得意って聞いたけど？」

「……それほどでもない。でもカナデはそうじが得意」

無表情を続けるカナデだが、鼻の頭がぷくーと膨らんでいるのを見れば内心は滅茶苦茶《めちゃくちゃ》
喜んでいるのが一目瞭然で。

「でもさ、スズハ兄も心配してたわけ。カナデには仕事仲間も、年の近い友達もいないし、
年の近い友達をつくる良い方法はないかなって」

「……問題ない。それにメイドは闇を生きるもの。メイド道とは死ぬことと見つけたり」

「どこのメイドだそれは⁉」

ユズリハが思わずツッコミを入れたが、トーコももちろん同じ気持ちだ。

「それでボクも考えたわけよ。カナデをウチに呼んだらどうかって」

トーコの計画は単純明快。

スズハの兄の話を聞く限り、カナデのメイドとしての能力は疑いようもなし。

そこで王家のメイドとしてカナデを引き取り、代わりに王家のメイドをローエングリン城に何人か派遣する。

王家のメイド部隊は千名を超える大部隊で、カナデと同じ年頃の子供も多い。

それにカナデは情報収集も得意らしいが、王家には諜報《ちょうほう》部隊もあるから適性があればそちらで学んでみてもいいだろう。

そうして成人するまでの数年間を王家で働いて、それからまた戻ってもいいのでは――

そんなトーコの話を聞いたカナデが、ふんと鼻を鳴らして一言。

「うぬぼれるなよ。こむすめ」

「コムスメはあんたでしょうがっっ⁉」

「カナデのほんとうのご主人様は、今のご主人様のみ。こむすめなど比較にもならない。それにカナデの情報収集はかんぺき。だから教わる必要もない」

「ほう。では今のトーコの悩みは？」

「おっぱいの大きさがスズハに負けた」

「ううう、うっさいうっさい‼　そんなこと気にしてないわよ⁉」

誰にも言わないと決めていた秘密を思いっきり暴露され、全力で否定するも。

「気にするなトーコ。そんなことはどうでもいいだろう、わたしはまだ勝っているが」

「きにするなトーコ。カナデは成長期だから、まだ大きくなるけど」

「ボクだってまだ成長期だっつーの‼」

そうしてなし崩しに女王、公爵令嬢、メイドの女三人キャットファイトが開催された。


そして、そのすぐ上の階では。

「――兄さん、久しぶりに一緒に寝ませんか？」

「どうしたのさスズハ？　そんなこと言うなんて珍しい」

「今夜は絶好のチャンス……いえ、怖い夢を見そうなので。ダメでしょうか……？」

「仕方ないなあ」

そんな風に、ちゃっかり兄に添い寝してもらった妹がいたことを。

翌朝になって知ることになり、地団駄を踏んだ三人娘がいたとかいなかったとか。

4

公爵家の本邸を辞し、トーコさんと聖教国へと向かう。

それはいいとして、トーコさんはここまで一緒に来た護衛部隊を王都に帰してしまった。

それで大丈夫なのか聞いてみると、

「だってスズハ兄もユズリハも一緒なんだから、ボクの護衛部隊なんていたってそんなの足手まといでしかないでしょ？」

とのことだった。

ぼくが一緒だからというのは分からないけど、ユズリハさんがいれば百人力というのは納得しかない。

それに護衛部隊と一緒に馬車も帰してしまえば、街道以外を進むことだって容易になる。聖教国へ街道沿いに進むとかなり遠回りになるので、旅程短縮にも大いに貢献するのだ。

ぼくと違ってトーコさんは女王なのだから、王都に帰るのが遅くなればなるだけどんどん仕事も溜《た》まっていくだろうしね。

ただし、馬車を帰したことによる問題点が一つだけ。

「ねえねえスズハ兄、肩車してよー」

「なんですかそれ」

街道を逸《そ》れて森の中へと入ったあたりで、トーコさんが謎のお願いをしてきた。

「いやだってさあ。馬車は帰しちゃったしボクはスズハ兄たちと違って魔導師だからね、ずっと歩いてると脚が痛くなるんだよ。ホラ見て、もう脚がパンパンだから。ユズリハもスズハもそう思うでしょ？」

「トーコの太ももはいつでもパンパンに張り詰めているがな」

「ていうか兄さん、トーコさんの太ももって並の騎士よりもぶっとくないですか？　これ絶対普通に歩けますよね？」

「うるさいうるさい！　ボクは女王なの、貧弱な魔導師なの！　文系なの！」

「はいはい、いいですよ」

真実かどうかはともかく、トーコさんの言うことにも一理ある。

というわけで、トーコさんをぼくの肩の上に乗せて進んでいく。

女王とはとても思えない格好だなんて感想を抱いたのは秘密だ。


トーコさんが加わっても、道中は何か変わったこともなく。

ときおり虎や熊が出てきては、スズハに一撃で蹴り殺され。

ときおり大きな鷹《たか》を見つけては、ユズリハさんが小石を投げて撃ち落とし。

ときおりヘビを見つけては、カナデが滅多打ちにしていた。

みんなどことなく張り切っている理由は、トーコさんに活躍を見て欲しいからかな？

女王の御前ではあるわけだし、ぼくに見られても良いことなんて無いし。

やることが無いぼくは、トーコさんと話しながら進む。

「──つまり聖教国へは、トーコさんとしては行きたくなかったと？」

「そうだよ。呼びつけた理由だってあからさまだしねー、無視してやろうかと思ったけど。さすがにそれは拙《まず》いからさ」

「理由って？」

「そりゃ当然スズハ兄だよ」

「えええっ、ぼくですか⁉」

いきなり名前を出されて焦《あせ》る。

なにしろぼくは、聖教国に目を付けられるような悪いことは何もしていない……はず。

ましてや女王のトーコさんが呼び出されるようなことは──

「いやいや、キミが悪いということではないぞ？」

「ユズリハさん」

「これは推測だが、キミの活躍ぶりがあまりにも派手だったから、聖教国の連中も興味を引かれたんだろう。キミが悪いことをしたわけじゃない」

「もちろんそうだよ。今さらスズハ兄に目を付けてるとか、ボクに言わせればちょーっと遅すぎるけどね！」

「まあそう言ってやるな。トーコを呼びつけられる権力持ちにしては、まだ反応が早い」

「んなことないって、オリハルコンまで配ったらアホでも気づくでしょ——ああスズハ兄、一つ言い忘れてたことがあったよ」

「なんでしょう」

「聖教国って名目上のトップは聖女なんだけどね、見たらビックリするかも」

「え？」

「まあ普通は女王が挨拶に行くくらいだと、司教が適当に応対するから聖女なんて絶対に出てこないんだけどねー。でもスズハ兄を連れて行ったら、絶対に面会させろって言うに決まってるし。それにオリハルコンとか宝玉の修復の件もあるから、恐らくだけど聖女が出てくると思う。ねえユズリハ？」

「あの聖女殿か。まあ見たら驚くのは間違いないな」

「えっと、一体どんな人が……？」

「まあまあ、それは着いてからのお楽しみってことで」

そう言われると、これ以上聞くこともできなかった。

5（ユズリハ視点）

街道沿いに旅をしていない以上、当然ながら野宿は避けられない。

深い森の奥、青年の静かな寝息が規則的に聞こえる。

この青年、実際には大国の辺境伯にしてこの大陸最重要人物の一人なのだが、外見からまるでそうは見えない。自覚のなさが原因だろうか。

そして青年の腕を抱きしめるように眠っているのは、女騎士学園の制服を着た美少女。まだ幼さの残る顔立ちながら、その胸元は冗談みたいに大きい。

少女が青年の腕に豊満すぎる二つの膨らみをぎゅうぎゅう押しつけながら、幸せそうに寝言を呟《つぶや》いていた。

「兄さん、わたしの手料理はどうでしょうか……すごく美味《おい》しいですか？　よかった……え、でも一番食べたいのはわたし……は、はい、お腹《なか》いっぱい食べてください……！」

そして側には、アホな寝言をばっちり聞いた少女が二人。

言うまでもなくユズリハとトーコである。

「知ってるかトーコ？　スズハくんの手料理はな、そりゃもう悲惨なんだぞ」

「なんでユズリハがそんなこと知ってるのよ」

「陰で練習してるのを何度か見かけたことがある。あれはもはや消し炭製造機だったな。わたしも人のことは言えないが、人間には向き不向きがある」

料理も戦闘も完璧なスズハの兄だって、貴族との駆け引きや色恋沙汰には向いていない。

適材適所というやつだとユズリハは思う。

「ところでトーコ。良い機会だから聞きたいことがあるんだが」

「なによ」

「トーコが将来、王都をローエングリン辺境伯領に移すつもりがあると聞いた」

トーコが目をぱちくりさせる。

「それはまだ誰にも言ってないはず――ああ、一人いたわ。公爵から聞いた?」

「正確には家宰のセバスチャンからだがな」

「まあ実際、そのつもりだよ。それが何年後になるかはさっぱり不明だけどねー」

「意味が分からん」

ユズリハが首を横に振って、

「わたしは何ヶ月か実際に住んでいたから知っているが、あれはとんでもない辺境だぞ。なにしろ物流に不向きすぎる地形だからな。そりゃミスリルやオリハルコンは魅力的だが、遷都はやりすぎじゃないのか？」

「まあ普通ならそう思うんだけどね」

「……まさか、スズハくんの兄上か？」

「当然でしょ」

詳しく説明しろとユズリハが目線で催促する。

トーコが小さく肩をすくめて、

「ローエングリン辺境伯が普通の貴族ならさ、そりゃボクだって遷都なんて考えないよ。面倒くさすぎるもん。叛乱《はんらん》できないようにミスリルとかオリハルコンの流通量と、あとは兵数を徹底的に管理して、面倒な管理を任せつつ叛乱の目があったら即座に潰す」

「まあそれが最低条件だな」

言葉だけ聞くと、とんでもない悪逆非道な女王に聞こえるなとユズリハは内心苦笑した。

けれどそれができないなら、さっさと召し上げて王家直轄領にすべきだ。

それほどに、オリハルコンの産地というのは魅力的すぎる果実なのだから。

「だが、最初から王家に召し上げないのか？」

「報償額が莫大《ばくだい》すぎて払えないのよ」

「それもそうか」

たしかにオリハルコン鉱山一つと交換ならば、ユズリハの父のサクラギ公爵家は広大な公爵領を丸ごと差し出すだろう。それでもなお公爵家にとって美味しすぎる取引のはずだ。もっともそんな話が実際にあったとして、由緒《ゆいしょ》ある公爵領を手放す可能性は五分五分か。それほどまでに、大陸唯一のオリハルコン鉱脈の価値は高い。

「まあ普通の貴族ならそんな感じ。でも今の話ってさ、スズハ兄相手にはもうまるっきり通用しないわけよ」

「どうして」

「もしも叛乱の目があったとして、スズハ兄をどうやって潰せっていうの？」

「そりゃごもっとも」

可能性をささっと考えて——絶対無理だな、うん。

ユズリハの脳内で、数百万の国王連合軍がスズハの兄に一方的にボコられまくる様子が鮮明に浮かんだ。だめだめ、絶対勝てっこない。

たとえ殺戮の戦女神《キリング・ゴッデス》と呼ばれた自分が百万人いても、スズハくんの兄上が勝つ気がする。

それなんて無理ゲー。

「だがスズハくんの兄上は、ローエングリン辺境伯領にもオリハルコンにも興味は薄い。トーコが頼めば領地替えしてくれるんじゃないか？」

「ダメだよ。さっきも言ったように対価が払えないし、なあなあで済ませたなら外からは王家がスズハ兄を軽んじたように見られる。それは最悪だからね」

「それは確かにマズいな」

「それにボクは、最終的には遷都のメリットの方が上回ると思ってる」

トーコの意外すぎる言葉に、ユズリハが耳を疑った。

「つまりトーコは、そんな事情が無くても積極的に遷都すべきだと？」

「そういうこと」

「分からん。そりゃスズハくんの兄上がいることによる絶対的な防衛力や安心感はあるが、さすがに物流事情をひっくり返すほどでもあるまい」

「それだけじゃあね。でもユズリハは、もう一つ忘れてないかな？」

「なんだと？」

トーコに言われて考えるユズリハ。

そりゃスズハくんの兄上には、素敵なポイントがいくらでもあるに決まってる。

料理が美味しいこと、マッサージが最高なこと、それに……

「ユズリハにも分からない？　──指導力だよ、指導力」

「なに？」

「考えてもみてよ。スズハ兄はずっとスズハに戦闘を教えてて、最近になってユズリハの訓練の相手もしてるでしょ？　まあ二人の師匠みたいなもんよね」

「まあ今はそう言われても仕方ないな……将来的には相棒になる予定だが」

「そこはどうでもいいのよ。でさ、今やスズハもユズリハもこの大陸でスズハ兄を除けば五本の指に入るほど強いわけじゃない？　そんなのスズハ兄以外に可能だと思う？」

「絶対に不可能だな」

「つまりそれって、スズハ兄の指導力が最強ってことにならない？」

「いや待てトーコ。それはそう、なる……のか？」

ユズリハの知る限り、スズハの兄は戦闘の教え方が上手《うま》いというタイプではない。

どちらかというと天才が独学したタイプなので、感覚的な指示語が多かったりもする。

たとえば「スッと相手の拳が来たとき、ググッとなったらウンと溜《た》めてパッ」という感じ。

ユズリハが渋い顔で、

「なあトーコ。すごく納得がいかないんだが……？」

「でもさ。スズハ兄と一緒に訓練するとやる気も出るし、マッサージも最高、結果として強くなる。間違いないでしょ？」

「それは否定できないが……」

「というわけで、取り急ぎ王立最強騎士女学園の分校を作ろうと思ってるんだ。もちろんローエングリン辺境伯の領都にね。ユズリハやスズハの半分でも強い女騎士が十人くらいいれば、それだけで戦力として過剰なくらいだもん」

「むう……」

トーコの言わんとすることは分かる。

自分の相棒の指導力……かはさておき、一緒に訓練した相手を飛躍的に強くすることは間違いないだろう。しかし。

「それでは、わたしが相棒と訓練する時間が減ってしまうではないか――！」

どうやってトーコの計画を潰してやろうか、密《ひそ》かに策を練ることを誓うユズリハだった。

6

山や川をいくつも越えて、やって来ました聖教国。

トーコさんから事前に都市国家のようなものだと聞いていたけど、なんか凄《すご》かった。

とにかく警備が厳重で、都市の中に入るのも一苦労なのだ。

ぼくたちはトーコさんの女王パワーで特別待遇だったので待たずに入れちゃったけれど、

巡礼などで平民が入ろうとすると一日待ちは当たり前らしい。

しかもこの国、大聖堂のある中心区域には一部の人間以外は立入禁止なのだ。

その一部の人間とは基本的に司教以上の高位聖職者と、聖教国が認めた国の王族のみ。

つまりぼくは当然アウトだとしても、公爵家直系長姫のユズリハさんどころか、その父の公爵家当主ですらアウトなのだから恐れ入る。

つまりぼくたち全員、トーコさんの随員という形でしか入ることができない。

「どうだいキミ、いけ好かない国だろう?」

「あはは……ユズリハさんなら、力尽くで入れそうですけどね」

「キミが一緒にやろうと言うならやぶさかではない」

「そんなこと言いませんよ!?」

そんな会話をしながら中心区域へ入る。

ここまで極端に出入りを制限するだけあって、中心区域はどこも見事なものだった。

絵画でしか出てこないような豪奢《ごうしゃ》な大聖堂が、いくつも建ち並んでいる感じ。

その中心にあるひときわ煌《きら》びやかな大聖堂で、聖女様に謁見することになった。

「トーコさん、聖教国のトップは聖女様なんですよね?」

「表向きはねー。実際には、教皇だの枢機卿《すうききょう》だの大司教だのが独自の権力を持っていて、なかなか厳しいみたいだよ？」

「しょっぱい話ですね……」

「少なくとも聖女はウチの国と懇意だから。他の連中はともかく」

それが理由なのかどうか、トーコさんと聖女様の謁見に、ぼくとユズリハさんも一緒についていくことになった。さすがにスズハたちは別室で待機だ。

＊

完全にお上りさん状態で謁見室へ。

そして聖女様が出てきたとき、ぼくはもの凄くびっくりした。

だって謁見室に現れた聖女様が、まんまトーコさんだったのだ。

もう完全に白いドレスを着て、ティアラを被《かぶ》ったトーコさん。抜群すぎるスタイルも、当然のようにそのまんま。

「え……トーコさんが二人？」

「へへー、驚いたでしょ。聖教国の聖女はね、ボクのお姉ちゃんなんだよ」

「そういうことですわ。初めまして、ローエングリン辺境伯」

「あ、はい！　こちらこそ」

慌てて挨拶を返して、聖女様のお話を伺うと。

なんでもこの聖女様、生まれつきの魔力がトーコさん以上に強かったのだとか。

なので次代の聖女候補として、小さいころに聖教国へと送り出されて。

いろいろあった末に、見事聖女となったということらしい。

「そうなんですか。凄いですね！」

ぼくが率直な感想を述べると、トーコさんそっくりの聖女様は優雅に首を横に振り。

「いいえ、ローエングリン辺境伯の方がよほど凄いですわよ」

「いえいえそんな」

「謙遜することはありませんわよ？　わたくし、他国の情報などあまり存じませんが——

それでも貴方《あなた》が、オーガの群れを殲滅《せんめつ》してこの大陸を救ったこと、クーデターを阻止して
トーコの命を救ったことは聞こえております」

「偶然ですよ」

「たとえ偶然にせよ、両方ともすぐ近くにいたユズリハにすら不可能だったことは事実。

かの殺戮の戦女神《キリング・ゴッデス》すら成しえなかったことを、偶然だとしても成し遂げられる益荒男《ますらお》が、
この世にどれだけおりますかしらね？」

「い、いえ！　オーガの群れの時にはユズリハさんも一緒に倒しまくってくれましたし、クーデターの時も陽動で大活躍で！」

慌ててフォローするぼくに、ユズリハさんが渋い顔で耳打ちした。

「……この聖女は、トーコと同じで口が悪いんだ。そこまでは一緒だが、姉の方はさらにタチが悪い」

「ユズリハ、聞こえてますわよ？」

「……え、えっと、仲が良いことはよく分かりました」

この聖女様、見た目はホワイトトーコさんなのに、中身はブラックトーコさんだった。

なんてこった。

そしてトーコさんは、そんな聖女様の様子に怒るでもなく。

「随分久しぶりだけど、お姉ちゃんは相変わらず元気そうだね。安心したよ」

「当然ですわ。まだまだ病気なんかに負けてらんねーですわよ」

……聖女様は病気なのだろうか？

疑問に思ったぼくに、トーコさんが教えてくれた。

「あのね、聖女だけがごく稀《まれ》になるって言われる特殊な病気があるんだけど。その病気にお姉ちゃんもかかっちゃったってわけ」

「まあ仕方ないですわね。聖女の宿命ですし」

聖女様があっけらかんとしていたので、そこまで深刻なものと思わなかった。

……そのときは。

「そんなことより、ローエングリン辺境伯」

「なんでしょう」

「聖教国では新たな枢機卿のなり手を探しているのです。応募してみませんか？」

「ちょっとお姉ちゃん⁉」

「いえあの、ぼくそこまで信心深くなくて。すみません」

「そんなの構いませんわ。わたくしだってこうして聖女になっていますが、信仰心なんてぶっちゃけ並以下ですからね。そこらの平民と変わりありません」

「それって、ぶっちゃけてはいけないやつなのでは……？」

「ローエングリン辺境伯にその気があるなら、わたくしの権力をフル活用して枢機卿団の末端にぶち込んで差し上げられますわ。その先は才覚次第ですが——賄賂と腐敗が蔓延《はびこ》るエセ聖職者どもをぶっ潰して、わたくしと一緒に天下を取ってみませんこと？」

その内容をトーコさんの顔で話してくるのが一番怖い。

一方、本当のトーコさんはというと。

「ばばば、ばかゆーなっ！　スズハ兄はボクとずーっと一緒なんだから！」

「オホホホホ」

「スズハ兄を取るな！　お姉ちゃんのバカーっ！」

……なんか駄々っ子みたいなトーコさんを初めて見た。女王としての連日の激務とかで疲れているのだろうか？

そしてユズリハさんはというと。

「ふむ……わたしが聖女で相棒が教皇……アリ寄りのアリだな……」

なんだか怪しい独り言を呟《つぶや》きながら、一人で顔をにやけさせていた。


その後、冷静さを取り戻したトーコさんと聖女様の会談はつつがなく進み。

ぼくは、聖女様に聞かれたことなんかに答えたりして。

そのたびに聖女様が大げさに驚いてくれて、良い気持ちにさせてくれたりする。

そういう気配りって、人の上に立つ人なんだって感じだよね。

「──で、では辺境伯は、トーコを助けるために単身王城へ潜り込んだわけですねっ⁉

それも、己の身を顧みることなく！　下水道に自分から潜って、囚《とら》われの姫を助けに──

うおー、燃えますわああっっ‼」

「ちょっとスズハ兄！　ボクもう恥ずかしいから、ねっ……？」

「それで、トーコを助けた時はどんな様子だったんですのっ⁉」

「それがトーコさん、宰相にナイフで胸を刺されてたんです。それでもう焦《あせ》りまくって」

「宰相は⁉　悪の宰相はどうなりましたの⁉」

「それが気づかないうちに殴り飛ばしちゃったみたいで、あとで教えてもらったんですが。なにしろその時はトーコさんしか目に入らなくて」

「きゃーっ‼　騎士様《ナイト》ですわー‼」

「あ、あのさあスズハ兄！　その話はもういいからホラ、オリハルコンの情報とか宝玉を修復してもらう話をしようよ頼むから、ねっ……⁉」

「それで、その時のトーコの様子はっ！」

「トーコさんはもう声が出ない状態だったんですけど、ほんの僅かに口が動いたんです。それで言いたいことが分かったんですよ」

「スズハ兄っ⁉」

「なんて、なんて言いたかったんですの⁉」

「それが、えっと──」

「わくわく」

「……言わなきゃダメですか？」

「ダメに決まってますわ」

「スズハ兄、言わないでっ！　後生だから――」

「ユズリハ。やっておしまいなさい」

「むぐうっ⁉」

「すまない、トーコ……」

「いいですかローエングリン辺境伯、この件はわたくしには聖教国の聖女として、そして姉として知る権利があります！　トーコの口も塞ぎました、さあお言いなさい‼」

「……キスして、って……」

「キマシタワ――――――――――ッッッッ‼‼」

「…………い、いっそ殺して…………」


……いやぼくも、本当は続けたくなかったんだよ。こっ恥ずかしい話だし。

だけどもうね、聖女様の圧がまあ凄《すご》かったんだよ。

なんというか「吐け、全部吐かないと――分かってるな？」っていう権力者の圧が。

だから仕方なかったんだよ。

決して涙目のトーコさんが可愛《かわい》くて、ついつい喋《しゃべ》り過ぎちゃったわけじゃないんだよ。

ぼくは悪くないんだよきっと。


ちなみに、その後どうなったかと言うと。

聖女様が妹の救出譚《たん》に狂喜乱舞し、その横で真っ白な灰になって崩れ落ちるトーコさん、そしてチワワのように震えるぼくという阿鼻叫喚《あびきょうかん》の地獄絵図的状況で。

その中で唯一、止められる立場にあったユズリハさんは。

「キミ、それでキスは、キスはどうした⁉　キスしてしまったのか——⁉」

なんか聖女様と一緒になって、大盛り上がりしていたのだった。

7

従者用に用意された客室に戻ったぼくは、倒れるようにベッドに転がった。

「つ、疲れた……」

「兄さん、謁見はどんな感じだったんですか？」

「状況がカオスすぎて説明できないよ……」

「いったい何があったんです⁉」

スズハが驚いているけれど、ぼくの驚きはそれ以上だったので勘弁して欲しい。

あの後、真っ白な灰からなんとか立ち直ったトーコさんに思いっきり涙目で睨《にら》まれて、

「スズハたちに言ったら許さないんだから！」って釘《くぎ》を刺されたのだ。

つまりスズハたちに言わなければ許されるということか。よかった。

「まあなんとかお願いはしてきたよ」

「宝玉の修復ですか？」

「うん。聖女様が自ら直してくれるって言ってた。でもゆっくり魔力を注入していくから、時間がすごく掛かるんだって。あとオリハルコンの情報は難しいみたい」

「時間ってどれくらい掛かるんですか？」

「よく分からないみたい。早くて数年、遅いと数十年って言ってた」

「それは長いですね……」

「あと、聖女様は病気なんだって。謁見した限りでは元気そうだったけど」

何気なく話題を振ると、スズハが「ああ」と声を漏らして。

「聖女病にかかってらっしゃるのですか……ならば、聖女様が生きている間は難しいかもしれませんね。聖女病にかかった聖女様は短命と聞きますし」

「聖女病？」

「聖女様しかかからないので聖女病と言われてるらしいです。もちろん俗称ですけどね。うろ覚えですが、その病気にかかって三十歳まで生きている聖女様は珍しいとか」

「それって本当……？」

「有名というほどではありませんが、それなりには知られた話かと。わたしも騎士学校で聞いたことがありますので」

あまりに元気だったから、そんな深刻な病気だとは思わなかった。

「……そっか……」

トーコさんのお姉さんなら、できれば何かしてあげたいと思う。

そりゃあ、ぼくなんかにできることは僅かしかないだろうけれど。

それでも、痛みを和らげるくらいはできるだろうか……？

「ねえスズハ、カナデはどこにいるかな？」

「さっき掃除するって言って出て行きましたけど……あ、帰ってきました」

「お呼びとあらば即参上」

「えっと、カナデはここの掃除をする必要は無いと思うよ？」

「ご主人様が泊まるにはそうじが甘い。だからてっていてきにやった。ほめて」

「そ、そうなの……仕事熱心で偉いね、カナデは」

まあカナデのことだし、こちらのメイドの邪魔になることはしてないだろう。

とりあえず頭を撫《な》でると、カナデは猫のように目を細めた。嬉《うれ》しそうだ。

「カナデにお願いがあるんだけど」

「なに？」

「この建物の屋根裏の情報って、手に入らないかな？」

「まーかせて」

ダメ元で頼んでみたんだけど、カナデは即座に請け合ってくれた。

ウチのメイドが優秀で助かる。

＊

ぼくがトーコさんと一緒に聖女様に謁見した日の深夜。

カナデに教えてもらった屋根裏情報を使って、聖女様に会いに行く。

警備は無いも同然だった。

迷うことなく聖女様の部屋の真上に到着し天井裏から様子を窺《うかが》うと、聖女様はベッドに横になりながら、何度もコホッ、コホッと苦しそうに咳《せき》をし続けていた。

昼間の様子とは違ってかなり苦しそうだ。

ぼくが天井裏から顔を出しても気づかれず、何度も手を振るとようやく気づいてくれた。

「こんばんは。聖女様とお話がしたくて来ちゃいました、よろしいでしょうか？」

「——あなたは——!?」

「え、ええ……」

「ありがとうございます」

天井裏から聖女様の寝室に降りると、聖女様はベッドの上に身を起こしてくれた。

「……ローエングリン辺境伯は、なかなか大胆な御仁ですのね……」

「そんなことはありませんよ」

ぼくだって普通なら、いくら話したくてもこんなことはしない。

けれど聖女様とトーコさんが姉妹で、かつ二人の仲が良さそうなこと。

妹のトーコさんを話題にした会話が思いのほか盛り上がったことで、予想外に聖女様と打ち解けられたこと。

泣いて土下座すれば最後は困り顔で許してくれそうなタイプなこと。

——だから大胆じゃないですと説明したら、聖女様は不思議そうな顔でぼくを見て。

「それらの話は、辺境伯が屋根裏から潜入する理由ではありませんわね」

　そりゃそうだ。

　天井裏に潜り込めそうならどこでも潜り込むほど、ぼくはヘンタイじゃない。

「そちらはどうしてか教えていただいても？」

「ご病気だと聞いたので、何かできることはないかと思いまして」

「それは昼に聞けばよろしかったのではなくて？」

「申し訳ありません、重い病気だと聞いたのがその後だったもので」

「仕方ない御仁ですわね——」

　聖女様がふうと息を吐くと、

「それでは、腹を割って話しましょう。——わたくしの寿命は、もって後数年です」

「えええええっ⁉」

「体内にある魔力が固まって、最終的には全身が石像のようになる病気なのだそうですわ。しかも魔力が聖女になれるくらい多くないとそもそも発症しないので、聖女のみがかかる病気だとも言われてますわね」

「たしかにぼくの妹も、聖女様が三十歳まで生きられることは珍しいと言っていましたが、でもそんなに早く……」

「このことはトーコも知りませんから秘密ですわよ？」

「分かりました。えっと、お薬とかは飲まれて」

「痛み止めがせいぜいですわね。治療する薬は無いですわね」

「そんな……」

「わたくしの体内にある膨大な魔力が暴走した結果、この病気が発症するらしいのです。治療法は、体内にわたくしを圧倒する魔力を叩《たた》きつけて、暴走した魔力を完膚なきまでに叩き潰すしかないのですが――そんなこと、伝説のエルフ族の長老だって不可能ですわ。だってわたくしは聖女ですもの」

トーコさんも言っていた。

お姉ちゃんは自分よりずっと魔力が強い、だから聖女候補として選ばれたのだと。

そして数多《あまた》の候補者の中から、実際に次代に選ばれた聖女様の魔力量はいかばかりか。

「あの、ぼくにお手伝いできることは――」

「ありませんわね。せいぜい天国に行けることを祈っててくださいまし」

予想通りの答えが返ってきた。

「というわけですわ、辺境伯。もう行きなさい」

「はい。……ですが、後一つだけ」

「なんですの？」

「ぼく、自己流なんですが治癒魔法を使えるんですよ。少しは痛みが和らぐと思います。使ってみてもいいですか？」

ぼくの治癒魔法は単純で、とにかく魔力を流しまくって相手を治療するというものだ。だから繊細な治療とか、魔力が少ない人間相手だとかえって危ない。

けれど聖女様なら大丈夫。なにしろ魔力量が桁違いだ。

ぼくの申し出に聖女様が微笑《ほほえ》んで、

「辺境伯の申し出、嬉しく思いますわ」

「えっと、ですが一つ問題があって」

「なんですの？」

「ぼくの魔力を流すために、患部にしっかり密着していなければいけないと言いますか。つまり聖女様に思いっきり触れることに――」

「っっ――――!?」

――それからどうしたのかというと。

照れまくった聖女様の妥協案として、ぼくはベッドの上で聖女様を膝上抱っこする形で、背中側から聖女様をぎゅーっと抱きしめることになった。

聖女様は最初耳まで赤くして、じたばた足を動かしていたけれど。

やがて痛みが和らいだのか、抱きしめられたまま小さく寝息を立てたのだった。

結局ぼくは、朝方まで聖女様に治癒魔法をかけ続けて。

朝日が射《さ》してきたころ、治療を終えた聖女様をベッドに寝かせて去ったのだった。

聖女様は、安らかな寝息を立てていた。

8

さすがに寝不足気味のぼくが、みんなと遅い朝ご飯を食べていた時のこと。

ズバァン！　と食堂の扉が乱暴に開けられて、そこに聖女様が立っていた。

「どういうことですの――――ッッ!?」

「え？　え？」

「今朝起きたらお目覚めパッチリ、痛みも無くてお通じ快調ですのよっ‼」

「えっと、それは……良かったですね？」

「ええ、最高ですわ！　でも良くないんですわ――っ！」

駆け寄ってきた聖女様が、ぼくの肩を摑《つか》んでがくんがくんと揺さぶる。

一体どういうことなのさ⁉

体調を悪くした様子は無さそうだから、治癒魔法の悪影響とも思えないし。

見ているみんなに助けて欲しいと目で訴えるも、

「――ふむ。察するに、またキミは何かしでかしたのかな？」

「兄さんは女泣かせですからね。どうせまた何か無自覚チートで聖女様を救っただとか、そんなところではないでしょうか」

「普段は冷静なお姉ちゃんがああなるくらいだし、スズハ兄が原因なのは確かだよねー」

「しかしそうだとしても、わたしは何も聞いていないが？　スズハくんはどうだ？」

「わたしもです、これは尋問が必要ですね。カナデ、道具の準備を」

「……ムチとロウソクの準備はばっちり」

「待って、ぼくをどうするつもりなの⁉」

「じんもん」

その後ぼくは、なんとか聖女様を落ち着かせることに成功し。

カナデのムチとロウソクを使った尋問を、なんとかストップさせたのだった。

話の流れ上、昨夜のことを黙ったままでいるわけにもいかず。

事の次第を洗いざらい喋《しゃべ》ると、トーコさんが渋い顔で頷《うなず》いた。

「……なるほど、ボクに言わなかったのは正解かもね。聖女の寝室に忍び込むなんて話を、女王が聞いて放っておいたらそれこそ外交問題になるもん」

「だとしても、相棒であるわたしには告げても良かったんじゃないのか？」

「ユズリハさんに言って万が一があったら、サクラギ公爵家に迷惑がかかるでしょう」

「むう。それはそうだが……」

「えっと兄さん、わたしは？」

「スズハに言ったら、絶対に一緒に行くってごねるから」

「一緒でも別に良いじゃないですか」

スズハは納得いかないようだが、そんなわけあるかと言いたい。

「それで聖女様は、どうして怒鳴り込んできたのでしょうか――？」

「当たり前でしょう⁉　朝起きたら辺境伯はいない、それでいて長年続く身体《からだ》の痛みやら魔力の詰まりやらが、綺麗《きれい》さっぱり消えたんですわよ⁉」

「そりゃ治癒魔法を掛けましたから」

「そんなもんで痛みが引くなら、医者もモルヒネも必要ねーんですわ――――‼」

つまり聖女様、ぼくの治癒魔法が失敗すると思ってたのかな？

それもどうなのよ、なんてぼくが思っていると。

「……なるほどね、ボクにもようやく話が分かった。そりゃスズハ兄のせいだわ」

「ぼくが治癒魔法を掛けて、聖女様の痛みが消えただけでは？」

「いいかキミ。普通は不治の病に治癒魔法を掛けたって痛みが一時的に軽減するだけで、痛みが根本的に消えたり魔力の詰まりが消えたりしない」

そこで、トーコさんがハッとした顔で。

「――分かった、そういうことか」

「えっと、トーコさん？」

「ボク思ったんだけど。聖女病ってたしか、お姉ちゃんの過剰魔力が暴走して固まるのが原因なんだよね？　だったら恐らくだけど、スズハ兄のバカみたいに圧倒的すぎる魔力がお姉ちゃんの悪い魔力を、完膚なきまでに蹂躙《じゅうりん》し尽くしたんじゃない？　だから病気が完治したんだよ、きっと！」

「ええ……？」

そんなバカなとみんなを見ると。

なぜかみんなが、それなら納得という顔をして。

「まあ普通ならあり得ないが、スズハくんの兄上の魔力なら、聖女の魔力すら圧倒しても全くおかしくないな。なにしろわたしの相棒の治癒魔法に、わたしだって何度となく命を救われたわけだし──」

「まあボクの心臓にナイフがぶっ刺さった状態でも、スズハ兄の治癒魔法は治せたしね。そう考えれば、お姉ちゃんを治療できても不思議はない……のかな?」

「そんな……本当に、わたくしの身体が……?」

ワナワナと震える聖女様に、ぼくが手を挙げて進言する。

「聖女様、とりあえず聖教国の魔法医による精密検査を受けてみてはどうでしょう?」

「そ、そうですわね……!」

ぬか喜びからの落胆パターンになってしまうのは、ぼくとしても相当いたたまれない。

聖女様が再び興奮する前に、みんなで魔法医の元へと送り出したのだった。

9

聖女様の検査結果が出るまで、ぼくたちは聖教国に足止めを喰《く》らうことになった。

まあ当然の措置だと思う。

良い変化とはいえ聖女様に異変が起きたわけだし、検査をした結果がもし悪い兆候だとなった時に、ぼくたちはすでに出国しましたじゃシャレにならない。

それにぼくも、聖女様がどうなったのか確認しておきたいし。

「というわけでキミ、午後はどうする？」

聖教国に来て十日目。

昼食を終えて一休みしていると、ユズリハさんがわくわくした顔で聞いてくる。

「午後はわたしと、聖教国を観光するというのはどうだ？　た、たまには二人で――！」

「いいですねそれ。じゃあみんなで一緒に」

「……ああ、そうだな……みんなで一緒にな。ふふふ……」

なぜだかアンニュイな表情になったユズリハさんの様子に首を捻《ひね》っていると、聖教国のシスターさんが部屋を訪れた。

なんでもぼくが呼び出されたらしい。

「……え、ぼくですか？」

「はい、間違いございません。聖女様、教皇様、大司教様がお待ちになられております」

シスターさんの言葉に、トーコさんが目を見開いた。

「ちょっと、それじゃ聖教国の三トップが揃《そろ》い踏みじゃない！」

「そうなんですか？」

「そうだよ！　他の国で言うと、国王と大統領と首相みたいなもんだよ！」

「それじゃ待たせちゃダメですね」

心当たりは十分過ぎるぼくである。

悪い話かどうかはともかく、ここで逃げるわけにはいかないだろう。

「それではこちらへ。お三方がお呼びになられたのはローエングリン辺境伯だけですので、他の皆様はこのままお待ちください」

「いや待った、わたしも当然行くぞ！　なぜなら相棒だからな！」

「わたしも当然行きます、兄さんの妹ですので」

「……お三方の最高意思決定会議には、部外者の参加は認められておりません」

みんなはぼくと一緒に行くと随分ごねていたけれど、さすがに認められるはずもなく。

なんとか一行の責任者であるトーコさんだけが同席を許された。

みんな、ぼくに万一のことがあったらと心配してくれたみたいだ。

ありがたく気持ちだけ受け取っておこう。

＊

聖教国の中心に聳《そび》え立つ大教会のてっぺんに、その小部屋はあった。

悠久の歴史を持つ教会美術をまるで一部屋に凝縮《ぎょうしゅく》したような、豪華絢爛《ごうかけんらん》な秘密の部屋。恐らくこの部屋にある装飾品で、国宝でないものを探す方が大変だろう。

そして中心に置かれた円卓を囲む、三人の人物。

一人は、言わずと知れた聖女様。顔色が良さそうでひとまずホッとする。

一人は、目つきの鋭い頑健そうな老人。いかにもな軍人タイプで、禿頭《とくとう》がよく似合う。

一人は、痩せぎすのこちらも目つきの鋭い老人。こちらはどこかの国の宰相みたいだ。

「お呼び立てして申し訳ないですわね――」

「いえ、とんでもないです」

聖女様の紹介によると、禿頭の軍人っぽい方が教皇様で、痩せぎすの宰相みたいな方が大司教様だという。いずれにせよ、ぼくなんかには雲の上の存在だ。

そして、お互い簡単な自己紹介を終えると。

「――さて、まずは結論からお伝えしますわね」

ごくりと唾を飲むぼくに、聖女様が厳かな顔で告げる。

「わたくしの病気ですが、綺麗さっぱり消えておりました」

「つまり、治ったと――？」

「聖教国の、つまり世界最高クラスの魔法医が大集結したあげく、数日かけてわたくしを徹底的に調べまくりましたの。ですから間違いありませんわ。数日中に大陸全土に向けて、公式発表される予定になっております。――もっとも、快復した経緯についてはさすがに公表できませんので、神の奇蹟《きせき》ということになりますけどね」

「おめでとうございます！」

「ふふっ、ありがとうございます。これも全部、辺境伯のおかげですわね」

聖女様がわざわざ椅子から立ち上がってお礼をしてくれて、ぼくが慌てて返礼した。

病気が治ったのだという嬉《うれ》しさとともに疑問も湧く。

……するとぼくは、どうしてこんな場所に呼ばれたんだろう？

「なにを不思議そうな顔をしている、辺境伯」

ぼくの内心が顔に出ていたのか、禿頭の教皇様が話しかけてきた。

「お前はこの聖教国の魔法医が、どうやっても治せない不治の病を治したんだ。ワシらが一目見たいと思うのも当然だろう？」

「そんな、偶然ですよ」

「もっとも、一目見るだけで済ますつもりなど無いがな」

「お待ちなさい！　わたくし、挨拶だけと何度も念を押しましたわよね!?」

　聖女様が慌てるが、教皇様はふんと鼻を鳴らして。

「お前がトーコ女王の姉であるのを笠《かさ》に着て、我らと辺境伯を会わせようとせんのが悪い。しかしこうして会ってしまえばこちらのもの――なあ辺境伯よ。ワシと組んでこの大陸、まるごと全部手に入れんか？　その時にはお前に世界の半分をやろう」

「なに吐《ぬ》かしてけつかりますのこのクソ教皇があっ!?」

「この辺境伯さえいれば夢物語ではないぞ。なにしろ軍事力は一国の軍隊顔負けだしな、それにオリハルコンの鉱脈さえ持っておる。しかも変種オーガから大陸を救った英雄で、聖女の病気も治してみせたカリスマときた。あとはワシの知謀と権力さえ加わったら……クククク、美味《うま》い酒が呑《の》めそうだ」

「仮にもわたくしの妹の随伴を、世界征服の道に誘ってるんじゃねーですわよ!?」

「あ、あの、ぼく世界征服とかに興味はまるで無いんですが……？」

　いちおう断りの返事をしておくけれど、教皇様は気を悪くした風もなく。

「欲が無い男だ。まあいい、その気になったらいつでも言って来るといい。教皇のワシが貴様を大陸の覇者にしてやろう、そして二人で酒池肉林の日々を……！」

「仮にも教皇が人を堕落させようとしてるんじゃねーですわ!?」

「そ、そんなことはしていない！　だいたいだな……」

なんだか聖女様と教皇様が、よく分からない口論を始めてしまった。

ぼくは横にいるトーコさんにこっそり聞いてみる。

「えっと……これって、どうなってるんですか？」

「どうもこうもないよ。まったくもう、キミってやつは……」

「え、ぼくですか？」

「いやまあ、スズハ兄が悪いわけじゃないんだけどさあ……なんというかね、権力者なら誰だってスズハ兄を絶対に、魂《たましい》の底から手に入れたいっていう現実をね、凄《すご》くリアルに目の前で見せつけられたっていうか……分かっちゃいるんだけどさあ」

「はあ……」

こっちはこっちで、トーコさんが疲れたように嘆息している理由がよく分からない。

まあ目の前で、教皇と自分の姉が口喧嘩《くちげんか》してるのを見ていれば、疲れるのも当然という気はするけれど。

そんなことをぼくが考えていると。

「もし、ローエングリン辺境伯」

「あ」

いつの間にか目の前に来ていた、痩せぎすの大司教様に挨拶された。

こちらも慌てて頭を下げる。

すると大司教様は、隣で口論を続ける教皇様に冷ややかな目を向けながら、

「アレはいけませんな」

「……はい？」

「為政者たるもの、すぐに結果を求めてはいけません。種を撒《ま》いてからじっくりと育てて数十年、時には百年後に収穫をする。それが政治というものです」

「は、はい」

なんで突然、大司教がそんなことを言ってきたのかはよく分からない。

けれど何というか、凄くまともな政治家っぽい。

比較対象が、いきなり世界の半分をやろうとか言ってきた人ってのもあるけれど。

「ところで辺境伯、お好きな食べ物は何ですか？」

「え、えーと？　最近だと鮨《すし》とかカニですかね……？」

突然聞かれたぼくが、とりあえずこの前トーコさんから貰《もら》ったものを口にすると。

「ほうほう、カニですか……ククク……」

「えっと……?」

「聖教国大司教の名にかけて、辺境伯に最高のカニをお送りしましょう」

「そんなこと頼んでませんよ⁉」

「いえいえ、これはほんのご挨拶……決してワイロではありませんので、お気になさらず……ククク……」

「その笑い滅茶苦茶《めちゃくちゃ》気になるんで、止《や》めてもらっていいですかねえ⁉」

慌てふためくぼくの横で、トーコさんがなぜか難しい顔で腕を組みながら、

「ううん……やっぱりこのままじゃ、世界中の権力者がスズハ兄とお近づきになろうって外堀を埋めるべく、ドンドコ生《なま》コン流し込みまくるよねえ……なんかこっちの既得権益をビシッとアピールできる方法は……や、やっぱりケッコンしかっ……⁉」

「トーコさんも考え込んでないで助けてくれません⁉」

ちなみに生コンとは、攻城戦で使うマジックアイテムの一つらしい。初めて知ったよ。

10

聖教国に滞在して二週間。

聖女様の病気が完治したとの発表も無事されて、ぼくたちが留《とど》まる理由も無くなった。

なので聖教国から出立すべく、挨拶のため謁見室へ向かう。

まさかオリハルコンの情報が入るまで滞在するわけにもいかないしね。

「ローエングリン辺境伯。今回は、本当にお世話になりましたわね」

そう言って再度深々と頭を下げる聖女様を、慌てて止める。

「とんでもない、偶然ですよ。でも治ってよかったです」

「借りを返すというわけではありませんけど、もしも辺境伯がドロッセルマイエル王国を捨てたくなったら、いつでも亡命してきてくださいまし。悪いようにはいたしません」

「む――――っ！」

トーコさんが思いっきり睨《にら》みつけるが、聖女様は涼しい顔だ。まあ姉妹だしね。

「それともう一つ、こちらを」

「えっ……宝玉？」

聖女様が取り出したのは、ピカピカの宝玉。もちろんヒビなんて一つもない。

邪蛇から出てきた宝玉だろうか。

でもあれって、修復に数年から数十年掛かると言っていたような――？

驚くぼくたちの様子に、聖女様がふふふんとドヤ顔を決めて。

「こういった古代の宝玉は、聖属性の魔力を注ぐことで修復されるのですわ。そして強い聖魔力を注げる人間は限られますから、数年から数十年掛かると言ったのです。ですが、わたくしの体調と魔力が万全ならば、このように僅か数日で修復できます」

「凄いですね！」

さすが聖女様、たいしたもんだと感心していると。

「ってことはお姉ちゃん、スズハ兄ならすぐに修復できたってこと？」

「恐らく無理ですわ。辺境伯の治癒魔法はあまりに強力すぎて、繊細に制御できなければ逆に宝玉を粉砕してしまいます」

「そっかー。スズハ兄が修復できれば、いい商売ができると思ったのになー。まあいいや。それでお姉ちゃん、その宝玉っていったい何なわけ？」

「これはエルフの秘宝ですわね。結界を張る効力がありそうです」

そういえば、サクラギ公爵家の伝説では邪蛇退治にエルフが協力したと言ってたっけ。

「もちろん一般人が持ってもいいものですが、本来はエルフの魔力を、この宝玉に注いで使うものですわね」

「でもお姉ちゃん、エルフなんてとっくに滅びてるんだけど？」

「エルフ自体は滅びても、エルフの魔力まで完全に消えて無くなるわけじゃありませんわ。血の混じりがあれば、薄くなっても血は残るものですから」

「なるほどねー」

「だからこの宝玉を使うならば、できるだけエルフの血が濃い人間が魔力を注いだ方が、より効力は高まるでしょう」

というわけで調べてみることに。といってもエルフの血の濃さの調べ方は簡単。

一人ずつ宝玉に、一定量の魔力を注いでみるだけ。

順番にやってみるとユズリハさんが魔力を注いだ時だけ宝玉がぼんやり光ったものの、それ以上の反応は無い。

しかし、事件は最後に起こった。

「そうだ、うにゅ子もやってもらおう。ねえ起きて」

「うにゅー？」

カナデの頭の上で完全におねむだったうにゅ子を起こして、調査に参加してもらう。

そして。

うにゅ子が宝玉に、少量の魔力を注ぐと。

「う、うにゅ――っ⁉」

うにゅ子の持った宝玉から、淡い緑色の光が謁見室の中に溢《あふ》れ出て。

まるで、あたかもエルフへの道標《みちしるべ》かのように、一筋の光が放たれたのだった――

4章　エルフの里、吸血鬼との最終決戦

1

光線の指し示す先に何があるかは分からないけれど、行ってみようという話になった。

理由は簡単。

その先に、エルフやうにゅ子に繋《つな》がるヒントがあるかもしれないからだ。

とはいえ女王であるトーコさんは、当てもない旅で国を長期間空けるわけにもいかず、泣く泣く王都へと戻っていったけれど。

聖女様の計らいで、トーコさんの帰りの護衛は聖教国から出してくれるとのこと。

そういえば、ユズリハさんはずっとぼくと一緒でいいのかな？　謎だ。

聖教国を出て数日、国境を越えたぼくたちは山を越え、深い森の中を歩いていた。

ぼくの頭の上には、うにゅ子が宝玉を持って乗っている。

なので謎の光は出っぱなしだ。

「ねえ、うにゅ子はエルフとどんな関係があるの？」

「うにゅー？」

「ひょっとして、うにゅ子はエルフなの？　それとも吸血鬼なの？」

「……うにゅー？」

要領を得ない返事。恐らく自分でも分かっていないのだろう。

頭の上で困ったように首を捻《ひね》るうにゅ子の様子が、声からも伝わってくる。

ちなみに現在うにゅ子は、大きめのフードを目深《まぶか》に被《かぶ》って顔を隠していた。

光の指し示す先に、うにゅ子と対立する存在がある場合を想定してのことだ。

もしもこの先にうにゅ子の宿敵がいたとしても、顔を隠していればこちらが言い訳する時間も作れるだろう。そんな思惑である。

ぼくとうにゅ子が進む後ろには、スズハとユズリハさんの女騎士学園コンビ。

「──ユズリハさん、わたしエルフって伝説上の存在だと思ってました」

「遥《はる》か昔にはいたらしいが、この数百年間目撃情報が無いからな。それにエルフの遺跡もことごとく盗掘され尽くしたし」

「盗掘ですか？」

「そうだ。エルフはその昔、人などよりも圧倒的に高い魔力によって大陸を支配していた。

それに魔道具も独自の高度な技術で作っていたからな。当然そんなものは人間には作れん。だからエルフの遺跡を見つけて、そこで上手《うま》くエルフ製の魔道具を見つけたなら、一国の領主になれたという話だぞ」

「そんなに儲《もう》かったんですか⁉」

「さすがに国を買えるほど稼いだ連中はごく一握りだろうが、一生かけても使い切れない大金を得たとか、爵位を買って貴族になったなんて話はごまんと転がっているな」

「エ、エルフ、凄《すご》いです……！」

二人の話を聞くでもなく聞きながら、なるほどと感心する。

ぼくもエルフについてはスズハと同じような知識しかない。

さすがユズリハさんは公爵令嬢だと感心する。

「ところがな、スズハくん。この話にはもう一つおまけがある」

「え？」

「そうやって大儲けするとな、もっと大きなものを手に入れたくなるんだよ」

「……つまり、もっと良い魔道具ということでしょうか？」

「エルフそのものだよ」

「えっ――」

「エルフはみな魔法を巧みに操る種族だと言われるからな。エルフを一人捕まえられれば、魔道具なんていくらでも作らせられる。それにエルフは長命な種族で有名だから、きっと大陸のどこかに生きたエルフがいるに違いない。そう考えるのさ」

「そういうことですか……」

「それにエルフは凄《すさ》まじく見目麗《みめうるわ》しい種族として有名だから、鑑賞奴隷として欲しがる大貴族なんていくらでもいるわけだ。希少価値だってとんでもないし、闇オークションに出れば落札金額は間違いなく青天井だろう。良い悪いは別としてな」

「ですね……」

「そんなわけで、欲に目の眩《くら》んだ連中は稼いだ以上の金額を突っ込んでエルフを探すんだ。それに最初からエルフ捜索にターゲットを絞った、探検家なんて連中もいたようだがな。──しかしいずれにせよ、誰一人としてエルフを見つけることはできなかった」

「ざまぁですね！　ですがそうすると、この光の先には、盗掘されたエルフの遺跡がある可能性が高いですか？」

「わたしも普通ならそう思う。思うんだが……スズハくんの兄上だからなあ」

「兄さんですからね」

「そうなんだ。良くも悪くもそんな結果で済まない気がするというか、滅茶苦茶《めちゃくちゃ》なことをやらかしそうというか……」

「仕方ありませんよ。兄さんですし」

いつの間にか、二人の会話がぼくの悪口になっていた。解《げ》せぬ。

2（アヤノ視点）

サクラギ公爵家から来た官僚集団のおかげで、アヤノは少しだけ仕事に余裕ができた。

なので缶詰続きだった以前と違って、最近は街中に出られるようになっている。

事務屋たるもの書類上で知ったつもりになるのではダメで、街に出て五感で民の生活を感じるべしというのがアヤノのモットーなのだ。

とはいえずっと忙しくて、それどころじゃなかったけれど。

そして案の定、アヤノのアンテナに引っかかるものがあった。

日頃の激務の間を縫って、調査を重ね、確信を得たところで親玉であろう人物を訪ねる。

その人物は今日も、城内の定位置で書類の山と闘っていた。

「おやアヤノ殿。こんな夜更《よふ》けに」

書類の中から顔を上げた青年官僚が、アヤノを認めて声を上げた。

サクラギ公爵家から派遣された官僚を取り纏《まと》める、以前は家宰補佐をしていた青年。

「お疲れ様です。お手数ですが、少しご相談したいことが」

「もちろんどうぞ。このままお話を伺っても？」

「いえ。お手数ですが、ご足労いただきたく」

いくら深夜で人が少ないとはいえ、それでも両手に余る数の官僚が仕事をしているのだ。

それに夜中は声が良く響く。念には念を入れたかった。

「分かりました。伺いましょう」

アヤノが青年官僚を連れて、防音の効く会議室へ向かう。

会議室の扉を閉め、お互いに一息ついたところで切り出した。

「──最近になって、サクラギ公爵家の官僚たちが辺境伯の領地、それも領都の不動産を買い漁《あさ》っているようですね」

青年官僚は何度か瞬《まばた》きをすると、すぐに破顔する。

「もう嗅ぎつけましたか。さすがですね、目立たないようにやっているはずなんですが」

「どういう意図か教えていただいても？」

青年官僚の動きは、すなわちサクラギ公爵家の動きと同じ。

サクラギ公爵家が、通告も無しに辺境伯領都の不動産を買い漁る理由。

それがアヤノには、どうしても分からなかったのだ。

だがそれも、青年官僚が一言で切って捨てる。

「恐らくですが、アヤノ殿はなにやら勘違いをしておられます。険しい顔がその証拠だ」

「……どういうことでしょう？」

「今回の件ですが、サクラギ公爵家は一切関与しておりません」

「は……？」

ぽかんと口を開けるアヤノに、青年官僚はおかしそうに笑った。

「アヤノ殿の優秀さの弊害ですね。たしかに状況を俯瞰《ふかん》すれば、公爵家が将来悪巧みする布石のように思える。こちらの官僚の名義のみならず、奥方や子供の名義、果ては恐らく架空の名義まで使って、領都の不動産を買い漁っているのですから」

「は、はい」

「しかし罠《わな》に掛けるにはサクラギ公爵家は協力的すぎるし、辺境伯を敵に回すなどという滅亡破滅まっしぐらのアホ選択肢を選ぶとは思えない、だから意図が分からず混乱した。そんなところでしょうか？」

「……その通りです……」

悔しいながらも首肯する。青年官僚が鷹揚《おうよう》に頷《うなず》いて、

「ですが、もっと単純な話なのですよ。そこに将来、百倍に値上がりするに決まっている土地があったら全力で買うでしょう？　ただそれだけです」

「……はあ……？」

なに言ってんのこのサギ野郎。

そんなアヤノの冷ややかな視線にも、青年官僚は怯《ひる》まない。

「恐らくですが将来、トーコ女王はローエングリン辺境伯領へ遷都するでしょう」

「……本気で言っています？」

「おや、アヤノ殿ともあろう方が考えていなかったと？」

「そりゃ考えたことはありますけど、地理的に厳しすぎると結論づけました」

「現状ならギリギリその通りでしょう」

「……」

「ですが辺境伯の圧倒的な武力とオリハルコンの鉱脈、そこにあともう一つ新たな要素が加わったら？　天秤《てんびん》は大きく傾く。あの辺境伯なら涼しい顔でやってみせるでしょうね。そしてそうなったことを皆が知った後では、遅すぎるのですよ」

「……それが、サクラギ公爵家の考えだと……？」

「いいえ。最初から申しているように、今回の件に公爵家はなんら関与しておりません。

むしろ公爵家としては、最後まで買わないのではないでしょうか」

「どうしてでしょう？」

「だって不動産が手に入らないことを理由に、こちらの城に間借りができますから」

「……それはその通りですね……」

間違いなくそれは、サクラギ公爵家とトーコ女王しか使えない荒業だろう。だが有効だ。

相手と友好を深めたい人間にとって、一つ屋根の下というのは最強のカードなのだから。

いろいろ納得がいったアヤノが、果てしない疲労感とともに頭を下げる。

「理解しました。お忙しいところを申し訳ありませんでした」

「こちらこそ誤解が解けて良かった。せっかくですし、ここで一服していきませんか？」

「……お付き合いしましょう」

さすがに自分で連れてきておいて、用が済んだらハイさようならとは言い難《がた》い。

アヤノが備え付けの急須で二人分の茶を淹《い》れる。

たしかお茶請けもあったはずだと煎餅を探していると、

「実を言いますとね。ここに来る官僚を選別するのって、本当に大変だったんですよ」

「それはそうでしょうね」

アヤノが好きなザラメ煎餅を見つけて小さく拳を握りながら、

「こんなド辺境、誰も来たがらないでしょうから」

「逆ですよ。熱烈な希望者が集まりすぎて、そりゃもう苦労したんです」

「へっ……？」

「ですが相手はユズリハお嬢様の最有力婿候補なうえに、公爵家からもトーコ女王からも絶大な信頼を得まくっている辺境伯ですから、万が一にも不興を買うわけにはいきません。当然ながら公爵家事務方とのバランスもありますし、他薦させようとしたらワイロの嵐。もう困りまくりましたよ」

「……」

「結局は悩みに悩んだ末、出仕態度の評定順ということにしたんです。これなら辺境伯にご迷惑はかけないでしょうし、日頃から勤務態度良好な官僚に報いてやれますし、それに事務能力は反映するけれど完全な能力順でもないので」

「そうですね、わたしもそれがベストかと思います」

「ところがですねえ。書き換わるんですよ、これが」

「……というと？」

「普段はロクに仕事もしないのに、いざという時にだけ本領を発揮しまくる大バカ野郎が公爵家にはわんさかとおりましてね。そいつらがここぞとばかりに能力をフル回転して、公文書の改竄《かいざん》から虚偽報告、ワイロに中抜きに印象操作などと悪の限りを尽くした結果、いつの間にか派遣リストには、能力こそ飛び抜けているもののあまりにクセが強すぎて、仕事をさせるのが不安という連中ばかり載っているという惨状で……」

「……ちなみに、その方たちのお名前って聞いてもいいですか……？」

「もちろんですとも」

　青年官僚から語られた数人の名前を、アヤノはもちろん知っていた。

　みんなサクラギ公爵家から来た官僚の中でも際《きわ》だって優秀で、さすがは公爵家ですねと常日頃から感心している人間たちだった。

　聞かなきゃよかったと後悔した。

「……なんでその人たち、こんな辺境に来たがったんでしょうね……」

　アヤノがぽつりと言葉を漏らすと。

「決まってるでしょう。辺境伯がどんな人物かを、その目で確かめたかったんですよ」

「ああ――」

　そうだ、とアヤノは今さらながらに思い出す。

　自分もかつて、まさにその理由で彼を訪ねた一人だったことを。

　その時はまさか、こんな書類漬けの付き合いになるなんて思ってなかったけれど――

「──そうですね。その通りです」

「残念ながら辺境伯とは行き違いになりましたが、どれほどの人物なのかを見極めるには十分な材料がある。そして機転と鼻だけは野犬以上に利《き》きまくるウチの腐れ官僚どもは、辺境伯に全力全額ベットすると決めた。──それが、今回アヤノ殿を混乱させた騒動の、いわば正体というわけです。誠に申し訳ありませんでした」

「いえ、こちらこそ疑ってしまって申し訳ありません」

お互いが頭を下げ合う。

そろそろ仕事に戻らないと、周囲の人間に怪しまれるかもしれない。

そのことを二人とも認識していた。

「ではわたしはこれで」

「あ、最後に一ついいですか？」

「わたしに分かることでしたらなんでも」

「どうして偽名で取引をしている人がいたんでしょうか？　アレのせいで、調査するのに大分手間取ったんですが」

後ろめたくない取引ならば、偽名を使うなとアヤノは言いたい。

それにアレのせいで、公爵家が背後にいると思い込むことにもなったのだ。

青年官僚の回答は明快だった。

「ああ、恐らくですが借金取りに捕まった時の保険でしょう」

「………………」

本当に公爵家の連中は油断ならない、そう思い知らされるアヤノであった。

3

深い森を延々と進み、とんでもない高さの山を登ってたどり着いた先は、崖だった。

「……この崖、どれだけ深いんですかね。ユズリハさんはどう思います？」

「いやキミ、これは軽く数千メートルはありそうだぞ……」

「ですが兄さん、光はこの崖の下に続いてますよ……？」

「ご主人様。下山路、探す……？」

「うにゅー」

でもねえ。よくよく目を凝らしてみると、光が空中で途切れてるように見えるんだよ。

というわけで、うにゅ子を抱いて宣言した。

「よし。飛び降りよう」

「とりあえず、ぼくとうにゅ子が最初に降りるよ。ほら見てスズハ、あの光線が途中から無くなってるよね？」

「そうですね……」

「ぼくの予想だと、あの光が消えた場所に空間の裂け目か何かがあって、どこか異空間に繋《つな》がってるんじゃないかなあって。だから飛び降りたぼくの姿が途中で消えるようなら、スズハたちも降りてくるといいよ」

「それって失敗したら、兄さんはただ飛び降りただけになるのでは……？」

「う、うにゅ⁉　うにゅ⁉」

「一人ならなんとかなるよ」

ぼくの腕の中でうにゅ子が暴れてるけど、まあ心配いらない。

丈夫な鉤爪《かぎづめ》とロープは持っているので、いざとなったら崖に投げて引っかけるつもりだ。

それにうにゅ子が一緒でないと、光の伸びる先が分かりにくいしね。

「じゃあ行くよ、うにゅ子はしっかり宝玉を持っててね！」

「うにゅ――――――⁉」

うにゅ子の長い悲鳴とともに、ぼくは崖から飛び降りた。

＊

予想通り、空間には裂け目があって異空間に繋がっていた。

そこは今まで通ってきた深い森と一見同じように見えるけど、空気が違う。

なんとなく、空間そのものが凛《りん》として清浄というか、玲瓏《れいろう》というか。

ぼくたちが到着してからしばらく後に、スズハたちも追いついてきた。

「ちょ、ちょっと怖かったです、兄さん……！」

スズハが涙目で訴えてきたので、よしよしと頭を撫《な》でてあげる。

ちなみに、うにゅ子はぐる目になって気絶していた。

ユズリハさんが唸《うな》りながら、

「ううむ……ここがあの、エルフの遺跡なのか……？」

「どうでしょうね？」

「雰囲気はバッチリだが……それに入口があそこだというなら、誰も見つけられなくても当然だと言えるしな……」

「まあそうですね」

ぼくたちだって、宝玉の光がなければ見つけるなんて不可能だった。

「宝玉様々ですね」

「……いやキミ、普通は宝玉があったたって絶対に無理だからな……？」

ユズリハさんに真面目な顔で諭された。なんでだろう。


少し歩くとすぐに集落が見つかった。

そして住民らしき、えらく美人な女の人が。

「むっ。人間がやってくるとは七百年ぶり、いや八百年ぶりかの……？」

「すみません、ここは一体どこでしょうか」

「ここはな、エルフの里じゃよ」

「エルフの里！」

やっぱりぼくの推測は当たっていた。ということは、目の前の人はエルフなわけで。

「やはりそうでしたか。ありがとうございました」

「ちょっと待たんか、おぬし」

「はい？」

「普通はもうちょっと、反応の仕方というものがあるんじゃないかの？　我エルフぞ？

人間どもの垂涎《すいぜん》の的ぞ？　人間どもなぞ比較にならない凄《すさ》まじい美貌の持ち主で、しかも乳もケツもあり得ないレベルでバインバインぞ？」

「…………」

ちらり、と女性陣に目線を送る。

ぼくに釣られてスズハたちを見たエルフさんが、ぽんと手を打って一言。

「おおう。まさかエルフの同胞が一緒とはの」

「違いますから」

残念ながらスズハもユズリハさんもカナデも、みんな人間なのです。……人間だよね？

ぼくが違うと説明すると、エルフさんが宇宙を感じた猫みたいな顔で呟《つぶや》いた。

「……ワシもこのかた数千年は生きておるが、まだまだ世界は不思議に満ちておるの」

「そうですか」

「自己紹介が遅れたの。ワシはこのエルフの里の長老じゃ」

「あ、これはご丁寧に」

こちらも一人ずつ挨拶をする。

ただしぼくの頭上でフードを被ったまま寝ているうにゅ子については、まだエルフとの関係が分からないので誤魔化しておいた。

長老がエルフの里を案内してやるというので、大人しく後についていった。

人間がいきなり襲ってくるとか考えないのかなとも思ったけど、ぼくから余計なことを言うのもアレなので黙っておく。

案内されたエルフの里は、なんというか、ぼくが子供のころ住んでいた村みたいな感じ。

エルフの数は数十人くらいだろうか。

みんな表面上は愛想《あいそ》が良く、でもどこか疲れた顔をしていた。

高性能な魔道具で画期的な生活向上が図られてるとか、そういう感じは微塵《みじん》も無い。

ぼくの考えていたことが伝わったのだろうか。

エルフの里を一周した後に、長老が苦笑いしながらぼくに言った。

「この村はな、死にゆく村なんじゃよ」

「それは、どういう……？」

「エルフはな、圧倒的な魔力を有し魔道具だって素晴らしいものを作る。それは事実じゃ。しかしそれには代償があってな」

「代償ですか？」

「オリハルコンが無ければ生きていけないんじゃよ」

長老がぼくたちに説明する。

なんでもオリハルコンには、特別な魔力が宿っているのだとか。

そしてエルフは、それを摂取することで本来の力を発揮する。

なのでオリハルコンが枯渇《こかつ》した今となっては、自分たちエルフは緩やかに衰退していき、
そして滅ぶのを待つだけなのだと。

「えっと、つまりこれがあれば大丈夫だと？」

懐《ふところ》からオリハルコンの原石を取り出して長老に見せる。

「はは、何をバカなことを言って……なんじゃこりゃあ――――――ッッ‼」

驚愕《きょうがく》して目を見開く長老に、この前ぼくの領地でオリハルコンの鉱脈が見つかったと
説明すると。

「そ、そそそ、そんなことがあり得るのか⁉　オリハルコンは特別な条件を満たさぬ限り
生成しないはずなんじゃ、おぬしウソをついとらんか⁉」

「じゃあこの鉱石はいらないと」

「すみませんですじゃ。生意気を言いましたのじゃ。ワシが全面的に悪かったのですじゃ。

なのでぜひ、その鉱石を譲って欲しいですのじゃ。一生のお願いなのですじゃ」

即座に長老に泣きながら土下座されてしまったぼくは。

大慌てで、オリハルコンを押しつけたのだった。

*

その夜、エルフの里では祭りが開催された。

長老はぼくたちを歓迎するための祭りだと言っていたが、本当に歓迎されたのは恐らくオリハルコンだろう。別にいいけどね。

祭りをするのはおよそ六百年ぶりとのことで、エルフのみなさんは楽しそうだった。

エルフの同胞と勘違いされたスズハやユズリハさんたちも、そのままエルフの輪の中に入って祭りを楽しんでいるようだ。

そしてぼくは、なぜか長老とサシで呑《の》んでいた。

「本当にありがとうじゃよ。おぬしは、エルフの里の救世主じゃ」

「いえいえそんな。他にもエルフの里ってあるんですかね？」

もしあるのなら、ここと同じようにオリハルコンを分けてあげたいと思って聞くと。

「さて……そんなものがあるのかの？」

「分かりませんか」

「交流も無いし、そもそもエルフは数が極めて少ないからの。それにもしあったとしても、みんな全滅してるんじゃないかの」

「そうですか……」

長老の話によると、昔は本当にエルフ狩りの人間が多かったのだとか。それでいい加減相手をするのが面倒になった長老が、里の入口をあんなところに付け替えたのだとか。

それにしては最初から友好的な態度だったと思ったけど、どうやら人間たちに何百年も訪問されなくなると、それはそれで寂しかったらしい。

そして、ここの他にエルフの里が残っている望みは薄そうだ。

もしもエルフの里が他にあるのなら、噂話《うわさ》くらいはあるだろうから。

「しかしおぬしら、よく里の場所が分かったの」

「ああ、それはこの宝玉のおかげです」

宝玉を懐から取り出して渡すと、長老は目を細めてなで回した。

「おうおう、こんなものが残っていたかの」

「この宝玉のことをご存じですか？」

「ご存じも何も。これは、この里にいたハイエルフ様が作ったものじゃよ」

「へえ」

「元はな、この宝玉は——彷徨える白髪吸血鬼《ホワイトヘアード・ヴァンパイア》を封じるために作られたものじゃ」

息が止まった。

突然出てきた、彷徨える白髪吸血鬼《ホワイトヘアード・ヴァンパイア》というパワーワード。

「……その話、詳しく聞かせていただいても？」

内心の動揺を抑えつつ聞くと、長老は鷹揚《おうよう》に頷《うなず》いた。

「おうよ。といってももう何千年も前、ワシがまだ小童《こわっぱ》のころじゃあ——当時、この里のエルフを纏《まと》める偉いハイエルフ様がおっての。それはもう、ワシら普通のエルフなどとは魔力も知識も大違いじゃった」

「はい……」

「当時、エルフを悩ませておったのが彷徨える白髪吸血鬼《ホワイトヘアード・ヴァンパイア》じゃ。そいつはオリハルコンを喰《く》らって成長する、とんでもない吸血鬼での。退治をしようとしたエルフもいたが次々と返り討ちに遭っての、とうとうオリハルコンの鉱脈はほぼほぼ尽きてしもうた。そこで、最後の決戦に挑んだのがこの里のハイエルフ様なんじゃよ。この宝玉は、その時に持って行かれた魔封じの道具の一つじゃな」

「その戦いは……どうなったんですか？」

「相打ちになったと聞いておる。それ以降彷徨える白髪吸血鬼《ホワイトヘアード・ヴァンパイア》がエルフの里を襲うことは無くなったが、ハイエルフ様は帰ってこなかった」

「……」

「結局それから新たなオリハルコンの鉱脈は一つも見つからないまま、エルフは緩やかに衰退しようとしておった。おぬしが来なければ、この里も早晩消えて無くなっておった。本当に助かったぞ」

「いえ、それはお気になさらず」

ぼくの中で一つの可能性が浮かんだ。

つまりそうすると、そのハイエルフの行く先は――

「長老、ちょっとこの子を見てもらえませんか？」

ぼくの頭の上に乗っていたうにゅ子を降ろす。

「ほら、うにゅ子。起きて」

「うにゅ……？」

おねむなうにゅ子の目を覚まさせて、フードを取ると。

長老の目の色が変わった。

「あ、あなた様はッッ――――!?」

長老がそのまま後ろに跳びすさって、勢いよく平伏する。

この反応。つまりもう、間違いなく。

「うにゅ子はハイエルフだったんだね」

「……うにゅー……？」

うにゅ子が不思議そうに首を傾《かし》げている。よく分かっていないらしい。

そうして、ぼくがふと気づいた時には。

長老の後ろに、数十人いる里のエルフが一人残らず、揃《そろ》って綺麗《きれい》に平伏《ひれふ》していた。

4

カンキン、カンキン、と金属を叩《たた》く音が響く。

ぼくがどこにいるかと言えば、エルフの里の鍛冶場。

何をしているかと言えば、エルフの長老に付きっきりで教わりながら、オリハルコンを叩いている。

なんでそんなことをしてるかと言えば、当然ながらうにゅ子の話が関係していた。

衝撃のエルフ全員大土下座事件があった翌日。

ようやく正気を取り戻した里のエルフたちは話し合い、一つの結論を出した。

まあぼくは長老から聞いただけだけど。

「――姫様は、彷徨える白髪吸血鬼《ホワイトヘアード・ヴァンパイア》を討伐することが叶《かな》わなかったのじゃな」

エルフの皆さんは、里唯一のハイエルフを姫様と呼んでいたそうだ。さもありなん。

「失敗したということですか？」

「完全な失敗ではない。だが成功とは言い難《がた》いじゃろう、おぬしに聞いた話では」

長老は、ここ数千年の彷徨える白髪吸血鬼《ホワイトヘアード・ヴァンパイア》の動向を知らなかった。

なのでぼくとユズリハさんが教えると、難しい顔をしたのだった。

「姫様は――恐らくは、己の身体《からだ》に彷徨える白髪吸血鬼《ホワイトヘアード・ヴァンパイア》を封印しようとしたのじゃろう。

そしてそれは半分は成功した。だがもう半分は失敗したのじゃよ。それが、未《いま》だに人間を
襲っている理由じゃろうな」

「？　ですが、彷徨える白髪吸血鬼《ホワイトヘアード・ヴァンパイア》は普通に女の子の身体でしたよ？　うにゅ子みたいな
寸胴二等身の幼児体型じゃなくて」

「うにゅー!?」

「ハイエルフはの、幼児と大人の二つの形態が取れるんじゃよ」

「そうなんですか⁉」

「だが普通は幼児形態なぞ取らん、思考も身体に引っ張られて幼児化するからの。なのに幼児化しなければならない理由は一つじゃろう」

「それは？」

「幼児化して、余った魔力を回さなければ彷徨える白髪吸血鬼《ホワイトヘアード・ヴァンパイア》を抑えつけられないと……そういうことじゃ」

「……」

「なに、困った顔をするでない。道は単純じゃからな」

「それは？」

「おぬしが倒すんじゃよ。責任を取ってな」

――責任を取れと、真顔でエルフの長老に言われました。なんてこった。

　そして話は現在に戻る。

トンテン、カンテン、とオリハルコンを叩き続けるのは、オリハルコンを鍛えるため。

もちろん普通の鍛え方じゃない。

「いいか！　ハンマーを降ろす一振り一振りに、治癒魔法を全力で乗せるんじゃ！」

「はいっ！」

「宝玉は繊細じゃから聖女の魔力程度しか受け止められんが、オリハルコンは違うぞ！　おぬしのバカみたいにクソデカい魔力も、オリハルコンならどんとこいじゃ！」

「はいっ！」

「姫様を救うのはおぬししかおらん！　頼む！」

……なんでも、このままだとうにゅ子は危険なのだという。

幼児化するほど魔力が足りていない状態が続くと、遠くない将来彷徨える白髪吸血鬼《ホワイトヘアード・ヴァンパイア》を抑えることができなくなり、完全復活を許してしまうだろうと。

そうなればどうなるか。

封印されていた状態ですら、出会った人間を皆殺しにしていた彷徨える白髪吸血鬼《ホワイトヘアード・ヴァンパイア》が、その本性を露《あら》わにすれば。

人類を皆殺しにしてなお、オリハルコンを未来永劫《みらいえいごう》求め続ける——と。

そんなのは冗談じゃない。人類滅亡エンドまっしぐらだ。

ではどうすればいいか。答えは一つ。

うにゅ子が悪魔を抑えている間に、うにゅ子ごと真っ二つに斬るしかない——

「……長老」

「なんじゃ若者」

トンチン、カンチンとオリハルコンを叩きながら口を開く。

「うにゅ子は、本当に大丈夫なんでしょうか」

「大丈夫にするように、今こうして頑張ってるんじゃろ」

「それはそうですけど……」

長老曰《いわ》く、ぼくとの戦いでうにゅ子もダメージを受けたものの、彷徨える白髪吸血鬼《ホワイトヘアード・ヴァンパイア》も相当ダメージを受けたはずだという。つまり倒すには今が千載一遇のチャンス。

しかし普通にトドメを刺せば、あの悪魔の依代《よりしろ》たるうにゅ子も死んでしまう。

そのための対策というのが、今ぼくたちが計画してる『治癒魔法でガッチガチに固めた武器で殴れば、うにゅ子は回復するし吸血鬼には追加ダメージでウィンウィンじゃね？』大作戦なのである。大変分かりやすい。

吸血鬼が治癒魔法で逆にダメージを受ける属性を利用した、賢い作戦と言えましょう。

あれ、それって最初から治癒魔法とかぶっ放せばいいんじゃね？　とか思ったけれど、それは違うんだとか。それだと普通に吸血鬼も回復するんだそうな。

あくまでオリハルコンの神性とエルフの例のアレがうんたらかんたらで、封魔の宝珠が結界でエトセトラエトセトラなどと複雑な説明を受けたけどもうさっぱりです。

オリハルコンでぶっ叩かなきゃいけないことは分かったのでヨシ。

「アレですね、鍛造したオリハルコンで剣を打つっていうのも悪魔に効果的なダメージを与えるわけですね」

「いや、そこはワシの趣味じゃ」

「えええええ⁉」

「いくらなんでも棒きれで討伐じゃカッコ悪いじゃろ？」

あっさりと断言されて絶句した。

たしかにそうかもしれないけどさ、言い方ってもんがあると思うの！

5

エルフのみなさんに渡したオリハルコンを全部使って、ようやく破邪の剣が完成した。

それでいいのかと思ったら、彷徨える白髪吸血鬼《ホワイトヘアード・ヴァンパイア》との戦闘の後再利用するのだという。

「じゃからおぬし、絶対になくすんじゃないぞ！」

「いや、なくしようもないと思いますが……」

その後は、ぼくの魔力が万全に回復するまで数日間の様子見を経て。

ついに明日、彷徨える白髪吸血鬼《ホワイトヘアード・ヴァンパイア》と対決することになった。

*

決戦前夜、ぼくは禊《みそぎ》をするため滝に打たれていた。

こういう儀式も吸血鬼相手には、気休め程度ではあるが効果があるらしい。

今は少しでも効果があるなら、なんでもすべきと長老が言っていた。ぼくも同意見だ。

滝行なので着ているものは下着一枚のみ。

滝に打たれながら瞑想《めいそう》し、魔力に意識を集中していると時間の経過が分からなくなる。

頃合いになったら呼びに来ると言っていたので大丈夫だろう。


「──さん、兄さん──」

自分の肩を何度も揺すられたぼくは、ようやく深層から意識を外に浮かび上がらせる。

瞑想の時間は終了みたいだ。

そして、目を開けたぼくの視界に映ったもの。

月明かりに照らされて水しぶきに濡《ぬ》れた、白い紐《ひも》パン一枚だけのスズハの姿。

「なっ⁉　スズハ、なんて格好なの！」

「し、仕方ないじゃないですか……神聖な禊の儀式において身につけていい服は、純白の下着しかないって言われましたから……」

「いやいやいや⁉　女性は胸にサラシを巻いていいって、ぼく聞いたけど！」

「あんなサラシ、軽く胸を張ったら千切れてしまいました。それに兄さんになら……べ、別に、見られてもっ……」

　顔を真っ赤にしながら俯《うつむ》きつつ、上目遣いでぼくに弁明するスズハの表情。

　しかもその直下から、頭よりもたわわに実りまくった二つの膨らみが、暴力的なまでの主張をしてくるのだ。

　妹じゃなかったら本当にヤバかった。

「ああもう！　いいからぼくの背中に回って！」

「は、はい……！」

「ちょっとスズハ⁉　どうしてぼくの背中に抱きつくのかな⁉」

「あ、すみません。兄さんの背中が広いなって思ったら、つい……もとい、滝に打たれて冷たくなった兄さんの身体を温めようと、つい」

「つい、じゃないが⁉」

これがスズハで本当に助かったと再度思う。

「別に良いじゃないですか。背中くらい」

「まあいいけど……なんでスズハが迎えに来たの？　長老が来るって言ってたけど？」

「それがですね兄さん。最初は予定通り、エルフの長老が迎えに行こうとしたのですが」

「うん」

「その格好を見たユズリハさんが、大いにゴネまして」

「……いやな予感がする」

「なにしろその時の長老の格好は、ぱんぱんに張り詰めまくった爆乳をサラシで押さえて、下半身は白の紐パン一枚。そのサキュバス顔負けの男を殺すどちゃクソ爆裂エロボディのあまりの全開ぶりに、そんな格好で兄さんを迎えに行かせるわけにはいかないと」

「……そのクセの強い表現、一体どこで学んだのかな？」

「サクラギ公爵家のメイドからですが何か」

うん、いたねそういえば。やたら表現のクセの強いメイドさんが。

ぼくの妹にヘンな影響を与えるのは止《や》めていただきたい。

「まあいいや。それでどうなったの？」

「はい。ユズリハさんと長老が言い争いになり最終的にはキャットファイトを始めたので、その隙を突いてわたしが来ました」

「いや止めようよ⁉」

「必要ないでしょう。アレは二人とも、殴り合って友情を芽生えさせるタイプです」

「……たしかに否定できないかも」

あれで二人とも、熱血な部分があるっぽいからなあ。

まあユズリハさんは女騎士なので、当然かもしれないけれど。


そうして。

スズハが背中を抱きしめたまま、だいぶ長い時間が経《た》ってからポツリと呟《つぶや》く。

「……兄さん」

「なに？」

「明日の彷徨える白髪吸血鬼《ホワイトヘアード・ヴァンパイア》との戦い——きっちりお膳立てされているように見えますが、本当は相当危ないんですよね？」

「……なんで気づいたの？」

困ったな。

誰にも気づかれないように、平気なフリをしていたはずなのに。

「兄さんは自分が危険になるほど、逆に何でもない風に見せようとするタイプですから」

「かえって不自然になっちゃったか。失敗したなあ」

「兄さんは、うにゅ子を助けるために命を懸けるのですね」

「うーん……」

そりゃ確かに、うにゅ子に対する情はあるし、助けたいという気持ちは強い。

けれどそのためだけに、危険を承知で彷徨える白髪吸血鬼《ホワイトヘアード・ヴァンパイア》と戦うのかというと、決してそうじゃないという気がする。

じゃあ世界を救うために戦うのかと言われれば、そういう意識も薄い。

だからそれはきっと、つまるところ――

「……多分ぼくは、決着を付けたいんだと思う」

「決着、ですか」

「そう。ぼくと彷徨える白髪吸血鬼《ホワイトヘアード・ヴァンパイア》との、決着」

ずっと昔、目の前で故郷の村人が皆殺しにされた。

ぼく自身もスズハも、何度も殺されかけた。ユズリハさんは胸に風穴を空けられた。

それはたとえ、彷徨える白髪吸血鬼《ホワイトヘアード・ヴァンパイア》のどんな事情を聞いても、決して消えることはない。

けれど同時に、ずっと悪魔を抑えつけていたうにゅ子は偉いと思うし助けたいとも思う。

だから最後に、決着を付ける。

ただそれだけのこと。

——そんなぼくの言葉を聞いたスズハが、ぼくを止めることはなかった。

その代わりに聞いてきた。

「実際のところ、勝算はどうなんですか？」

「かなり危険だと思う」

明日の戦いは、恐らく今まで彷徨える白髪吸血鬼《ホワイトヘアード・ヴァンパイア》と対決した中で一番ヤバい。

明日の戦いでは、うにゅ子を幼児形態から戻すために、オリハルコンを与える。

さすがに幼児形態のまま破邪の剣をぶっ刺せば、悪魔とともにうにゅ子も死んでしまう。

それは純粋に体力的な問題。

けれどそれは同時に、うにゅ子の中に眠る彷徨える白髪吸血鬼《ホワイトヘアード・ヴァンパイア》をも強化することになる。

その結果がどうなるかは、まだ誰にも分からない。

こちらの装備が充実していて、そのうえ戦いの舞台にも破邪の結界が張られている分、彷徨える白髪吸血鬼《ホワイトヘアード・ヴァンパイア》は総合的に弱体化しているかもしれない。

けれどぼくの直感は、今までで一番ヤバいと警鐘を鳴らしている。

だからぼくは、卑怯《ひきょう》な論法でスズハの口を封じた。

「でもスズハ、思い出して」

「何をでしょう?」

「ぼくが今までスズハとの約束を破って、帰らなかったことがある?」

「……いいえ。一度も」

「ならば今回も、ぼくを信じてくれないかな」

一番信じていないのは自分なくせに、ぼくはスズハに信じろと強要する。

スズハがぼくの背中を抱く力が、痛いくらい強くなって。

ぼくの背中に押しつけられた豊満な胸が、さらに一段と押しつけられて。

スズハのぼくを抱きしめる腕が、微《かす》かに震えていて。

「……スズハはいつまでも、兄さんの帰りをお待ちしております」

「うん。いい子で待っててね」

「兄さん。ご武運を」

それ以上、スズハは何も言わなかった。

スズハは全部知って、それでもぼくを信じて送り出してくれるのだと分かった。

だからぼくは、その期待に応えようと思った。

「………」

二人ともなにも言わない。動かない。

スズハがぼくを抱きしめたまま、滝の音だけが響き、月明かりだけが二人を照らす。

「………………」

そんな時間が、どれくらい続いただろうか。

永遠とも思える沈黙は、唐突に破られた。

パシャパシャと誰かが近づいてくる水音がして、

「待たせたなキミ！　そんなに滝行したら風邪を引いてしまうぞ――ってあれ……？」

白い装束を身に纏《まと》ったユズリハさんが、ぼくたちを見て固まる。

スズハが地獄の底から出したような声で、

「いまさらのこのこ出てきて何のつもりですか？　このお邪魔岩」

「岩じゃないぞ⁉　っていうか、なんでスズハくんはマッパなんだ⁉」

「清楚《せいそ》な儀式なので」

「それを言うなら神聖だろう⁉　ていうか女子は白襦袢《じゅばん》を着ていいんだが！」

「えええええ⁉　そうなのスズハ⁉」

ぼくが聞くと、スズハが下手な口笛を吹いて。

「……わたしは知りませんでした。なので無罪です」

「いずれにせよ、そんなハレンチな格好でスズハくんの兄上に抱きつくなど言語道断！　ていうか相棒の背中はわたしのものだ、さあ代わるがいい！」

「断固拒否します！」


その後、スズハとユズリハさんがぼくを中心に、まるでバターになる勢いでぐるぐると回っているうちに。

ついに、決戦の朝を迎えたのだった。

＊

彷徨える白髪吸血鬼《ホワイトヘアード・ヴァンパイア》との対決は、エルフの里から少し離れた丘の下でやることになった。

この場所は、元はハイエルフが儀式を行うときに使っていたとのこと。

つまりはうにゅ子に縁のある場所なわけで。

「うにゅ子、大丈夫？」

「……うにゅ！」

うにゅ子は気合い十分だった。

こんな小さい子が、ヘタをすれば自分が死ぬかもしれないというのに気張っているのだ。

ぼくが気合いを入れなくてどうする。

「……いやいや、姫様はこう見えておぬしの数千倍は生きておるからの？」

「長老」

「最後の確認じゃ。もう既に宝玉で、できる限りの破邪の結界は張り終えておるからの。後は姫様が元の姿に戻ったら、オリハルコンの剣で一発ぶちかましてやればよい」

「分かってます」

ぼくは最後に一つだけ残ったオリハルコンの塊を、長老から受け取って。

緊張で顔が強《こわ》ばっているうにゅ子に、ゆっくりと投げて寄越した。

6（ユズリハ視点）

うにゅ子がオリハルコンを受け取ってすぐ、オリハルコンが溶けるように消えた。

魔力が吸収されたのだ。

そして目の前に、二度と見たくないと心底願った死神が復活する。

その外見は恐ろしく痩せた、この世のものとは思えないほど美しい少女。

白いワンピースに麦わら帽子。まるで夏のお嬢様みたいな格好で。

けれど騙《だま》されてはいけない。

その両眼は、血液よりもなお赤黒い赫色《かくしょく》で。

腰まで届くその長髪は、どんな雪よりもなお白い。

それは、見た者全ての生命《いのち》を刈り尽くす死神。

その名は——彷徨える白髪吸血鬼《ホワイトヘアード・ヴァンパイア》。


「——っ⁉」

正直ユズリハは、今まで楽観視していた。

だってスズハの兄はのほほんとしていたし、宝玉もオリハルコンで作った剣もあるし、
なによりスズハの兄がのほほんとしていたし。

そんな楽勝ムードは——彷徨える白髪吸血鬼《ホワイトヘアード・ヴァンパイア》の姿を見た瞬間に吹き飛んだ。

「ス、スズハくん⁉　あれは、」

「なんですかユズリハさん。兄さんが過去最大の強敵に立ち向かってるんですよ、黙って見ていられないんですか？」

「だって！　スズハくんの兄上は、そんなこと一言も——！」

「一つだけ教えてあげます」

仕方ありませんね、と言わんばかりにスズハが続けて。

「本当にイイ男は、言葉でなんて語りません。——ただ背中で語るんです」

「なっ……!?」

「そんなことも分からないうちは、兄さんの背中を護《まも》るなんて百年早いですね」

ショックを受けるユズリハだったが、自分の目線はそんなことに関係なく動いていた。

というよりも女騎士の本能が、目の前で繰り広げられる凄《すさ》まじい戦いから目を離すことを拒否していた。

数ヶ月前なら、到底追い切れなかったであろう凄まじい速度。

けれど日々の鍛錬を続けるユズリハは、なんとかその動きを捉えることができた。

その中でもスズハの兄の背中に、全神経を集中させる。

目の血管が切れんばかりに。

そうしているうち、ユズリハにもようやく、なんとなく分かってきた。

スズハの兄が、彷徨える白髪吸血鬼《ホワイトヘアード・ヴァンパイア》を攻めあぐねていることを──

「……ああそうか、わたしが愚かだった」

「はい？」

「わたしは相棒の背中を護ることにばかり気を配り、相棒の背中と対話することを怠った。背中の筋肉を観察すれば様々な状況が分かる、つまりそういうことだな？」

「いえ……そんな曲芸じみたことは要求してませんが……？」

その時、エルフの長老がポツリと呟《つぶや》いた。

「なるほど。これは拙《まず》いかもしれんの……」

「どうしてですか⁉」

「あの男が攻撃せん。攻撃する場所を見極めておるようじゃ……恐らく、姫様への負担を最小限に留《とど》めようとしておるのじゃろう」

いくら破邪の剣、しかも回復魔法が染《し》み込んでいるオリハルコン製だとはいえ、それを胴体にぶっ刺したら、普通は死なないまでも大ダメージを負う。

それもハイエルフに巣くう彷徨える白髪吸血鬼《ホワイトヘアード・ヴァンパイア》を確実に仕留めるためには、殺したかも程度では駄目なわけで。

誰がどう見ても死んだだろう、というくらいにハイエルフの身体《からだ》に大穴を空けなければ、間違いなく仕留めたとは言えないのだ。

しかし胴体の風穴が大きければ大きいほど、依代《よりしろ》のハイエルフを救える確率は級数的に小さくなっていくわけで――

「……恐らく、一撃で決まるじゃろうな」

長老の言葉に、スズハたちが息を呑《の》んだ。

「あの男は、一撃で全て決めるつもりじゃろう。魔力の問題もある。姫様を救う可能性を最大限にするために。もしそれが失敗したら」

「失敗したら、兄さんは――？」

「姫様の生存を諦めて、彷徨える白髪吸血鬼《ホワイトヘアード・ヴァンパイア》を倒すつもりじゃろうな」

「………………」

「ワシも侮《あなど》っておった。あの彷徨える白髪吸血鬼《ホワイトヘアード・ヴァンパイア》は万全じゃ、二度も手加減を許すほど甘い敵ではない」

そしてついに、決着の時が来た。

一方的に攻撃を続けた彷徨える白髪吸血鬼《ホワイトヘアード・ヴァンパイア》が、必殺の一撃を加えようと空中に躍り出たその瞬間、スズハの兄の剣が揺らめく。

そして、その刃は吸い込まれるように、彷徨える白髪吸血鬼《ホワイトヘアード・ヴァンパイア》の左胸に突き刺さり。

心臓を貫いて、背中側へと抜け――

「あぁっ!?」

エルフの長老が叫んだのと同時に、オリハルコンの剣は粉々に砕け散って。

まるで傷ついたハイエルフの身体を優しく包み込むかのように、キラキラと空気の中に溶けていったのだった。

「わ、わ、ワシのオリハルコンがあぁぁぁ――――!?」

涙ながらに絶叫する長老の声に、ユズリハたちの心は一つになったのだった。

別に、長老のオリハルコンじゃないけど――

7

目が覚めると酷《ひど》い頭痛がした。

薄ぼんやりした視界の中で、なぜかスズハやユズリハさんが今にも泣きそうな顔をして叫んでいたけどよく聞こえない。記憶が混濁している。今は何時だろうか。

やがて意識がはっきりするのと、スズハがぼくの胸に飛び込んでくるのが同時だった。

「兄さんっ、兄さん兄さん兄さんっ‼　うわあぁぁぁん‼」

なぜか兄さんとしか言わないスズハを、よしよしと昔みたいにあやしていると。

「目を覚ましたか。キミが無事で本当になによりだ」

「ユズリハさん」

「わたしたちを脅かすのも大概にしてくれ。キミは一週間も寝ていたんだぞ?」

「えーっと……?」

そう言われて、ようやく記憶の歯車が回転し出す。

そうだ。

ぼくは彷徨える白髪吸血鬼《ホワイトヘアード・ヴァンパイア》を斃《たお》して、それでうにゅ子を助けようと——

「まったくキミ、全力で魔力を使うにもほどがあるぞ。命を絞り尽くすような真似《まね》をして。そんなことだから、キミからは目を離せないんだ」

なるほど。それで記憶も混濁していたわけだ。

「んっ……」

実際、どうやってうにゅ子に治癒魔法を使ったのかよく覚えていない。

「すみません。——それでうにゅ子は？」

「そこにいるだろう」

ユズリハさんに言われて振り向くと、今まで寝ていた場所の隣に彷徨える白髪吸血鬼《ホワイトヘアード・ヴァンパイア》が寝息を立てていてぎょっとした。

ああ、でももう吸血鬼じゃないのか。

「無事みたいですね、ホッとしました。ていうか幼女の姿じゃないんですね」

「あの姿はハイエルフにとっても、一種の緊急避難みたいなものらしいからな。こうして元の姿でいるのだし、大丈夫だとエルフの長老が言っていた」

「ところでどうして寝てるんでしょうね？」

「それは許してやってくれ。キミにどうしてもお礼が言いたいと、ついさっきまでずっと起きていたんだからな」

それは悪いことをしたと思う。今から起こすのも悪いし寝かせておこう。

「そういえば長老は？」

「——それが精神に多大なダメージを負ってな。今も寝込んでいる」

「えっ⁉」

「キミが彷徨える白髪吸血鬼《ホワイトヘアード・ヴァンパイア》にトドメを刺したとき、オリハルコンの剣が消えただろう。それが原因だ。まあ言うなれば、オリハルコンロス症候群だな」

「それはまあ、何というか……」

「あの様子だと、キミのオリハルコン鉱脈に押しかけるのは間違いないな」

「それは別にいいですけどね」

長老が言うには、エルフにはオリハルコンが欠かせないみたいだし。

ウチの鉱山しか当てが無いのなら、来ればいいんじゃないかと思う。

ぼくが言うと、ユズリハさんが目をぱちくりさせて。

「本当にいいのか？　あの様子だと長老だけ来るという話じゃないぞ」

「え？」

「キミの領地に、エルフ軍団が押し寄せるぞ？」

「いいですよ」

「そうか。キミってやつは本当に大物というかなんというか……まあキミなら大丈夫か」

ユズリハさんに、なぜか盛大に呆《あき》れられてしまった。なぜだ。

＊

起きてから一通り身体をチェックして帰ってきたら、うにゅ子はまだ寝たままだった。

「ていうかもう、うにゅ子じゃおかしいよね。別の呼び名を考えないと」

「はい兄さん。『真・うにゅ子』でどうでしょう？」

「キミキミ、わたしは『うにゅ子』『うにゅ子パート2』を推すぞ」

「……『うにゅ子☆2号』がいいと思う。メイドとして」

全員ネーミングセンスがアレだった。

「なんの参考にもならないとはこのことだよ！」

「うにゅ子と名付けた兄さんが言える筋合いではないと思いますが」

「それはそれ、これはこれ」

まあそれは後で考えるとしても。

「……あれ？　髪が銀色になってる？」

「兄さんが倒した後にはそうなってました。彷徨える白髪吸血鬼《ホワイトヘアード・ヴァンパイア》の特徴なのでしょう」

「本当だ。カナデと同じ髪の色だね」

「……おのれうにゅ子。せっかくカナデとロリキャラかぶりが解消されたと思ったのに、今度は銀髪ツインテールかぶりとは……！」

いや。ツインテールはカナデしかいないけど。

「そうだ兄さん。目の色も変わりましたよ」

「へえ。どんな色だろう」

「凄《すご》く綺麗《きれい》でした。やはりあの赫《あか》い目は吸血鬼の色だったんですね」

そんな話をしたそのとき。

——今まで眠っていた美しい少女が、パチリと目を覚まして。

ぼくの姿を、透き通る若草色の瞳で見つめて。

まるで恥じらう乙女のように、ふわりと微笑《ほほえ》んだのだった。

8

王都に戻ってとりあえずトーコさんに挨拶しに行ったら、なぜか滅茶苦茶《めちゃくちゃ》キレられた。

なぜなのか。

「ふ、ふーん……？　スズハ兄ってば、伝説のエルフの里を見つけちゃったんだ。ふーん、へーえ、ほーお？」

「いやあ、偶然って怖いですね」

「でさあっ！　スズハ兄が左右にエルフを従《したが》えているように見えるのは、ひょっとしたらボクの気のせいかなあ⁉　しかもボクの記憶が確かならば、そこにいる二人のうち片方は彷徨える白髪吸血鬼《ホワイトヘアード・ヴァンパイア》だよねえ⁉」

「それがですね、これには深いわけがありまして」

ぼくが左右にいるエルフ——長老とうにゅ子を交互に見ながら、トーコさんに説明する。

うにゅ子が元々、エルフの里のハイエルフだったこと。

うにゅ子と彷徨える白髪吸血鬼《ホワイトヘアード・ヴァンパイア》が遥《はる》か昔に戦った結果、その二つの存在が融合したこと。

その結果、彷徨える白髪吸血鬼《ホワイトヘアード・ヴァンパイア》は残ったものの、依代たるうにゅ子も残ったため以前と比較して大幅に被害が減少したこと。

しかしミスリル鉱山での戦いによりうにゅ子が幼女化し、彷徨える白髪吸血鬼《ホワイトヘアード・ヴァンパイア》を抑える力が弱まったこと。

そして今回エルフの宝玉とオリハルコンの剣を使うことで、うにゅ子の中に棲んでいた彷徨える白髪吸血鬼《ホワイトヘアード・ヴァンパイア》を完全に退治したこと。

——そんな説明を終えると、トーコさんが深刻な顔で頷《うなず》いた。

「うん。これっぽっちも分からないわ」

「ええええ⁉」

「いやボクも、スズハ兄のやらかしが理解できるなんて考えはとっくに捨てたけどね？　それでも、今回はとびっきりでしょ——なにしろ伝説のエルフと世界を救ったんだから」

「……はい？」

トーコさんってば、突然なにを言いだすのやら。

ぼくの不思議そうな顔を見たトーコさんが「まったくもう」と嘆息して、

「確認するけど、スズハ兄が彷徨える白髪吸血鬼《ホワイトヘアード・ヴァンパイア》と戦ったのって、今まで二回でしょ？　子供のころに遭遇したって話はべつにして」

「はい」

「でさ。二回戦った後に、うにゅ子は幼女化したんだよね。その時点でさ、うにゅ子には十分な魔力が残ってなかったわけよ。彷徨える白髪吸血鬼《ホワイトヘアード・ヴァンパイア》を抑えつけられる、ね」

「そうなんですか？」

思わずエルフ二人を見たけれど、こくりと頷かれた。

詳しい説明をされてもどうせ分からないので、深くは聞かないでおこう。

「だから放っておけば、そのうちにうにゅ子の抑えは無くなって、彷徨える白髪吸血鬼《ホワイトヘアード・ヴァンパイア》が大復活して大陸中のあらゆる文明は滅びたはずよ」

「まあそうじゃろうな」

エルフの長老が、シャレにならない相づちを打った。マジですか。

「人間の身でありながら、よくぞそこまで読んだな。小娘よ」

「まあボクも、これでも国一番の魔導師だからね ー」

トーコさんが極めて大きい胸を張る。

……あれ？　じゃあ、これっぽっちも分からないって言ってたのはどういうこと？

「ぼくなんかより、トーコさんの方がよっぽど分かってるじゃないですか」

「なに言ってるのかなあ⁉　ボクにはスズハ兄が、どうやってフルパワー充電完了状態の彷徨える白髪吸血鬼《ホワイトヘアード・ヴァンパイア》と戦って勝てるのか、どうしても理解できないって話‼」

「そりゃもう頑張ったので」

「頑張って勝てるんなら軍隊はいらないのよねえ！」

するとぼくの後ろで控えていたスズハが、

「それはもう、兄さんは軍隊なしでも戦争で勝ちましたから」

そしてその横にいるユズリハさんも、

「まあ相棒のわたしでも、さっぱり理解できないんだ。トーコに分かられてたまるか」

「のおぉぉぉぉ‼」

……トーコさんが頭を抱えたのは、ぼくのせいじゃないよね？　きっと。


それからトーコさんは、しばらく頭を抱えていたけれど。

やがて気を取り直したように、頭を何度か振って。

「……まあそれはもういいわよ。なんにしたって、スズハ兄がまたこの大陸を救ったのは間違いないんだから」

「またって？」

「去年の夏の、オーガキングの群れのとき」

「ああ、言われてみれば」

「一年ぶり二度目、って感じね。もしくは二年連続？」

なんですかその大会の出場回数みたいな数え方は。

「でもさ、それはいいとしても、エルフが里から出てくる理由にはならないよねえ⁉」

「ああ、言ってませんでしたっけ」

エルフの長老——どころか里にいたエルフ全員が、スズハとユズリハさんのすぐ後ろに従っている。その数およそ数十人。

理由は簡単。元のエルフの里から全員、お引っ越しとなったからだ。

「エルフって、本来の種族の力を発揮するのにはどうやらオリハルコンが必須らしくて。でもエルフの里では、もう何百年もオリハルコンが枯渇《こかつ》していたんですって」

ぼくが持って行ったオリハルコンも既に無い。

なぜならば、破邪のオリハルコンの剣を作るのに全部使ってしまったうえに、その剣は彷徨える白髪吸血鬼《ホワイトヘアード・ヴァンパイア》が斃《たお》された時に一緒に溶けて無くなったからだ。

きっとオリハルコンの力が、あの悪魔を消滅させる最後の一押しとなったのだろう。

それはそれとして、戦いの後ずっとしょんぼりしてたエルフの長老の寂しげな背中に、ぼくはさすがに声を掛けた。だって背中が煤《すす》けてたんだもの。

「それで『ウチの領地のオリハルコン鉱脈近くにでも住みます？』って聞いたんですよ」

反応は劇的だった。

そりゃあもう、鬼の首を取ったかのような勢いで食いつかれて。

「……そしたら長老に『言ったからな！　住んでいいって言ったからな‼』って滅茶苦茶

迫られまして……」

「当然じゃろう。ウチらにとっては死活問題もいいところじゃ」

「だからって全員連れて来るなんて予想外ですよ」

「ふん。オリハルコンのある土地がこの世界にある以上、元の里になんの意味があろうか。里を移すことに誰一人反対しなかったわい」

「まあ断る理由も無いし、いいんですけどね」

そんな話をしていると、トーコさんがまた頭を抱えていた。なんだろう。

「……あのさスズハ兄」

「なんでしょう」

「庶民だと、あんまりそんなこと無いんだけどさ。この大陸の貴族階級の一部……ううん、半分以上の割合で、エルフ信仰ってのが根付いててね？」

「はい？」

「まあぶっちゃけ、エルフなんて美貌とか魔力とか、人間にとって上位種族も同然だから、生き神様みたいな扱いしてる連中も多いのよ。歴史的にはエルフ狩り時代の後に、反動でそういう潮流が起こったんだけど……そんなエルフが人間の特定の領地に住んだとしたら、一体どうなると思う？」

「さあ？」

「不公平だ、ウチにもエルフを、って要求が絶対に来るわけ」

いやそんなこと言われても。

長老を見るとうんざりとした様子で、

「ワシらはオリハルコンが無い土地になぞ行かんぞ」

「普通に考えればそうだよね？　でもエルフがその土地にいるなんて、もうあからさまに権力と魔力を象徴しまくってるから相手も引かないわけよ」

「……戦争の火種になると？」

「普通はねー。まあスズハ兄に戦争ふっかけるバーが、この大陸にいるかは不明だけど」

なるほど、それでようやく分かった。

——それはユズリハさんが、ぼくの領地にエルフが押し寄せると予言したとき。

ぼくが「いいですよ」と言ったら、ユズリハさんがなぜか苦笑して、キミなら大丈夫か的なことを言ってきたのだ。

その時は何を心配しているのか分からなかったけれど、そういうことか。

「まあでもスズハ兄のことだから、止めても聞かないんでしょ？」

「そりゃまあ」

ぼくは望んで、辺境伯になったわけではないけれど。
それでも貴族になったからには、最低限の義務は果たすつもりだ。
「貴族なんて、救いを求める領民を助けるのが仕事でしょう？」
ぼくがそう言うと、目の前のトーコさんが。
横にいたエルフの長老、そしてうにゅ子が。
後ろに控えていたスズハにユズリハ、それにエルフの里の人たちが。
みんな、ぼくらしいと言って笑ったのだった。

エピローグ

ローエングリン城の食堂に、死屍累々《ししるいるい》の惨状が広がっていた。

数十人が一度に食事のできる長テーブル。

その片隅で、最後の炎が燃え尽きようとしていた。

「……い、一度ならず二度までも……兄さんっ……！」

ぱたり。

スズハの頭がテーブルの上に崩れ落ちる。

その両手には、ズワイガニの脚が握られていた。


──そんな様子を、食堂隅のちゃぶ台から眺めている人物が二人。

「……この前も、全く同じ光景を見たような気がするよ……」

「間違い探しレベルで違いますけどね。この前は片手がウニ軍艦でしたので」

スズハの兄の感想に、細かいツッコミを入れるアヤノ。

「あ、お茶淹《い》れるね」

「わたしが淹れますよ。それより閣下は、一緒に暴れ食いしなくていいんですか？」

前回はトーコ女王の接待があって無理だったけれど、今回なら可能だろう。

そう聞いてくるアヤノに、スズハの兄が渋い顔で否定した。

「それはそうなんだけど、送り主を考えると……ね？」

「別にいいじゃないですか」

スズハの兄たち一行がローエングリン辺境伯領へ帰ったのとほぼ同時に、城へと大量のカニを送りつけたのは、誰あろう聖教国の大司教である。

同梱された手紙には、挨拶の品を送ったとだけ書かれていた。

具体的な要求が何も無いのが逆に怖いとスズハの兄は思う。

しかし、そんな雇い主の意見などアヤノは一顧だにせず、

「気にしなくていいんですよ、そんなのは。あ、閣下もカニ脚食べます？」

「一つ貰《もら》おうかな。……あ、美味《おい》し」

「いいですか閣下。そもそも聖教国は大陸における宗教の総元締めで、大司教なんてのはその裏ボスなんですよ？　ぶっちゃけ格式も権力も財力も、そこらの大国の王様よりも、遥《はる》かに上回っているわけです。まああいつらに対抗できる相手なんて、大陸中探したって現時点ではトーコ女王くらいでしょうね」

「ふええ。トーコさん、しゅごい……！」

本気で感心しているらしきスズハの兄に、アヤノが思わず白い目を向ける。

——いったいどこの軍事力最強にしてオリハルコン鉱脈持ち、なのに野心がまるでない無自覚クソチート辺境伯のおかげでトーコ女王がデカい顔できるんでしょうね——？

トーコ女王の立場と代わりたいって内心ガチで号泣してる権力者が果たして自分以外に何人いるのか、そんな詮無きことを考えながらカニの殻を取り除いていく。

「なので本当に、大司教にとっては挨拶程度のことなんですよ。ムカつくことに」

「カニを送るのが……？」

「ええ。大量の最高級カニを送りつけて、権力と財力を見せつけることがです」

自分の言っていることに嘘《うそ》偽りは一つもないとアヤノは思う。

ただし、言っていないことが一つ。


あの大司教がわざわざ挨拶したいと本気で考える相手が、どれだけいるのか——？


アヤノには断言できる。

そんな相手は、世界で一人しか思い浮かばない。

＊

カニと戦っていた全員がぶっ倒れたので、二人で横に寝かせることにした。

本来はメイドであるカナデの仕事な気もするけれど、その当人ときたらテーブルの下でつまみ食いをしまくった挙げ句ＫＯされていた。

メイド服姿のまま腹を剝《む》き出しにして倒れるカナデに、仕方ないなとスズハの兄が笑う。

「これじゃメイドの仕事はできないね。まあ相手はカニだから仕方ないけど」

「ですが閣下、もう一人メイドがいませんでしたか？」

「ウチのメイドはカナデ一人だよ？」

「メイド見習いの幼女がいたかと」

「ああ」

スズハの兄が、カニの海に沈んでいるうにゅ子を指して。

「そこにエルフが二人いるでしょ。そのうち片方が、成長した姿のうにゅ子」

「……あの、理解できない言葉が二つも聞こえたのですが。成長した姿というのも大いに疑問ですが、そもそもエルフという種族は滅びたハズでは……？」

「いやそれが、うにゅ子って元々エルフなんだってさ。それでエルフの隠し里に行って、そこの長老が今うにゅ子の横にいる人」

「……聞かなかったことにします……」

とりあえず現実逃避をキメることにしたアヤノが、エルフを視界から外しながら言った。

とはいえ職務的に、明日にでも向き合う必要があることは重々分かっていたけれど。

そうして、なんとか全員を回収して寝かせた。

ずらりと並んだスズハやユズリハたちを見て、アヤノは思う。

──女騎士見習いと公爵令嬢とメイドと伝説のエルフが並んで寝ているこの状況って、一体どれだけカオスなのよと。

そして全ての原因となった、たった一人の男にジト目を向けて。

「──こういう状況を目の当《ま》たりにすると、閣下が帰ってきたのだと実感しますね──」

もちろんそれは、精一杯の皮肉だったけれど。

言われたスズハの兄は、ぱちくりと目をしばたたかせて。

「ああ、そういえばバタバタしてて忘れてた」

「はい？」

これ以上どんな揉《も》め事があるのかと、無意識に身構えるアヤノに向かって言った。

「挨拶がまだでしたね。――ただいま、アヤノさん」

そう言って笑うスズハの兄に、アヤノは不意を突かれたように固まって。

やがて苦笑すると、優雅に一礼したのだった。

「閣下、お帰りなさいませ。お帰りを心よりお待ちしておりました――」

あとがき

——そう、それは二巻の校正やらあとがきやら終えた、年末のことでございました。
その夜、編集氏から一本の電話が掛かってきたのです。
「ボイスコミック作ってウェブに載せるので、シナリオ書いてください」
「ぼ……ぼいしゅこみっく……?? なんですかそれ？」
わたくし知らなかったのですが、マンガのコマに音やセリフを付けて動画にしたものを
ＶＣ《ボイスコミック》というらしいのですな。それを作っていただけると。
そしてその時、わたくしの脳内にティンと来たのです。
（こ、コレは、いわゆる『声優の収録現場拝見イベント』発生フラグでは……!?）
——わたくしの独断と偏見ですが、ラノベ書きの抱く夢と野望トップ３といえば、
１位　年収八千万
２位　編集部のおごりで、高級鮨《ずし》や高級カニを暴れ食い
３位　声優さんの収録現場拝見
であります。ということは、つまり、いわゆる一つの例のアレなわけで。

（せ、声優さんの収録現場が見られる……⁉）

とはいえわたくしも大人です、そんな態度を表には出しません。だって恥ずかしいし。

というわけでなんとかシナリオを書き、それを完璧に面白マンガに仕立てる霜月先生に「プロってしゅごい……！」などと感動しているうちに時間が過ぎて、年が明けたある日。

編集氏から「動画できました！」との電話が。

「……え？　てことは、声優さんの収録は……？」

「んなもん終わってますがな」

わたくしの知らない間に、収録は終わっていたのでした。ぎゃふん。

いや、動画は絵も声も凄《すご》く良かったけれども！


今回も皆様のお力添えにより、この本を刊行することができました。

ウェブ版の読者の皆様、えっちで可愛《かわい》いイラストを描かせたら三国一のなたーしゃ様、編集のM下様、校正様や営業様をはじめ当作品に関わっていただいた全ての皆様。

そしてなにより、この本をお手にとっていただきました、あなた様。

皆様に、心よりの感謝を申し上げます。

お便りはこちらまで
〒一〇二－八一七七
ファンタジア文庫編集部気付
ラマンおいどん（様）宛
なたーしゃ（様）宛

富士見ファンタジア文庫

妹《いもうと》が女《おんな》騎《き》士《し》学園《がくえん》に入学《にゅうがく》したらなぜか救国《きゅうこく》の英雄《えいゆう》になりました。ぼくが。3

令和5年5月20日　初版発行

著者——ラマンおいどん

発行者——山下直久

発　行——株式会社KADOKAWA
〒102-8177
東京都千代田区富士見2-13-3
0570-002-301（ナビダイヤル）

印刷所——株式会社暁印刷

製本所——本間製本株式会社

ISBN978-4-04-074977-8 C0193 ◇◇◇

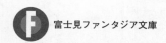

最強の初恋
シリーズ
好評発売中!
ファンタジア文庫

騙しあい。

各国がスパイによる戦争を繰り広げる世界。任務成功率100%、しかし性格に難ありの凄腕スパイ・クラウスは、死亡率九割を超える任務に、何故か未熟な7人の少女たちを招集するのだが――。

シリーズ
好評発売中！

ファンタジア文庫

世界最強の
“不可能任務”に挑む少女たちの
痛快スパイファンタジー！
スパイ
教室
竹町
illustration
トマリ

天上優夜《てんじょうゆうや》
異世界で
レベルアップした結果、
最強の身体能力を
手に入れた少年
この少年
すべてが
シリーズ好評発売中！

チートすぎる

異世界でチート能力《スキル》を手にした俺は、現実世界をも無双する

～レベルアップは人生を変えた～

I got a cheat ability in a different world, and became extraordinary even in the real world.

著：美紅
イラスト：桑島黎音

幼い頃から酷い虐めを受けてきた少年が開いたのは『異世界への扉』だった！ 初めて異世界を訪れた者として、チート級の能力を手にした彼は、レベルアップを重ね……最強の身体能力を持った完全無欠な少年へと生まれ変わった！ 彼は、2つの世界を行き来できる扉を通して、現実世界にも旋風を巻き起こし――!? 異世界×現実世界。レベルアップした少年は2つの世界を無双する！

ファンタジア文庫

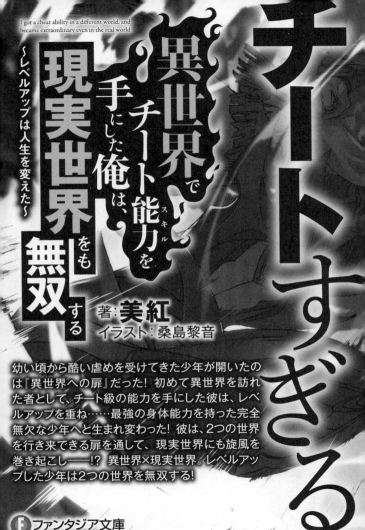

切り拓け！キミだけの王道
ファンタジア大賞
原稿募集中！
賞金
《大賞》300万円
《金賞》50万円
《銀賞》30万円
選考委員
細音啓 「キミと僕の最後の戦場、あるいは世界が始まる聖戦」
橘公司 「デート・ア・ライブ」
羊太郎 「ロクでなし魔術講師と禁忌教典《アカシックレコード》」
ファンタジア文庫編集長
前期締切 8月末日
後期締切 2月末日
公式サイトはこちら！ https://www.fantasiataisho.com/
イラスト／つなこ、猫鍋蒼、三嶋くろね